완벽한 인생

방태산 장편 소설

FUSION FANTASTIC STORY

PERFECT LIFE

완벽한 인생 2

방태산 장편 소설

초판 1쇄 찍은 날 § 2014년 9월 16일
초판 1쇄 펴낸 날 § 2014년 9월 24일

지은이 § 방태산
펴낸이 § 서경석

편집부장 § 권태완
편집책임 § 한준만

펴낸곳 § 도서출판 청어람
등록번호 § 제387-1999-000006호
등록일자 § 1999. 5. 31
어람번호 § 제1-1941호

주소 § 경기도 부천시 원미구 부일로 483번길 40 서경B/D 3F (우) 420-822
전화 § 032-656-4452 팩스 § 032-656-4453
http://www.chungeoram.com
E-mail § chungeorambook@daum.net

ISBN 979-11-316-9205-9 04810
ISBN 979-11-316-9203-5 (세트)

완벽한 인생 ②

방태산 장편 소설

FUSION FANTASTIC STORY

PERFECT
LIFE

완벽한 인생

PERFECT LIFE

CONTENTS

1장

독행마

챔피언전의 규모가 규모인 만큼 학교에서도 참가하는 학생들의 편의를 봐주었다.

더구나 강산, 신하윤, 이대식 세 명은 본선 진출이 확정되었기에 이틀의 휴식 기간에도 잠깐 학교에 들러 얼굴만 비추고 체육관으로 가면 되었다.

체육관에 도착한 강산은 문춘수에게 화이트 프로모션의 연락처를 달라고 했다.

"그건 왜?"

"알아볼 것이 있어서요."

문춘수는 불안한 마음이 들었다. 화이트 프로모션은 대하그룹과 연결되어 있고 대하전자의 실업팀 프로모션도 도맡고 있었다.

그러다 보니 강산이 그곳의 연락처를 달라는 것이 영 껄끄럽기만 했다. 혹시나 그쪽으로 갈까 싶어서였다.

"너 말이다."

잠시 강산을 뚫어져라 바라보던 춘수가 결국에는 한숨을 내쉬며 서랍에서 장경배의 명함을 꺼냈다.

솔직히 가겠다고 하면 말릴 수 있는 명분도 없었다. 자신이 복싱을 제대로 가르친 것도 아니고, 단지 선수 등록이나 대회 출전 신청 등만 도왔으니까.

친구의 아버지이기에 어떻게 그럴 수 있냐고 따질 수는 있었다. 그러나 그건 정말 찌질한 짓이다.

더구나 전도유망한 복서를 작은 물에서 허덕이게 하는 것도 할 짓이 아니라고 생각했다. 아무래도 화이트 프로모션이라면 체육관보다는 더 힘이 있을 테니까.

"산아."

"네?"

"대식이와 우리 체육관만 잊지 말아다오."

강산은 잠시 뭔 말인가 했다. 그러다가 왜 그런지 이해를 하고 나니 괜스레 웃음이 나왔다.

이러니저러니 해도 문춘수는 참 마음에 드는 사람이었다. 속물적이긴 해도 소탈하고 솔직했다. 자신의 욕심만 내세우지 않는 그런 모습들도 보기 좋았다.

강산은 별다른 말은 하지 않고 사무실을 나섰다. 문춘수는 밖으로 나가는 그의 뒷모습을 보면서 한숨만 폭 내쉬었다.

"산아, 오늘은 운동 안 해?"

사무실에 들른 강산이 옷도 갈아입지 않고 나가려 하자 하윤이가 따라왔다.

"오늘은 일이 좀 있어서."

"일?"

"응. 잠깐 다녀올 때가 있어."

"어……."

오늘따라 유독 하윤의 목소리에 기운이 없었다.

"왜 그래? 무슨 일 있어?"

"으응, 아니야. 다녀와."

애써 웃음을 보이는 그녀의 안색이 좋지 않았다. 하지만 오늘은 그녀와도 관련이 있는 일이었다.

"이따가 연락할게."

"응."

고개를 끄덕이는 하윤이의 볼을 토닥여 주고 강산은 체육관을 나왔다.

"장경배 본부장이라."

전화를 걸었다. 독특하게도 장경배이 컬러링은 오래선의 미국 드라마인 머나먼 정글의 주제가 'Paint it black' 이었다.

―네, 장경배입니다.

"챔피언 체육관의 강산입니다."

―강산 선수?

"네, 지금 이서경 이사님을 만나러 가겠습니다."

―뭐요? 허허, 참.

장경배의 음성은 '뭐 이런 경우가 다 있나'였다. 다짜고짜 전화를 걸어 이사님을 만나겠다니, 예의에도 어긋나고 어이가 없는 일이었다.

―강산 선수, 아니, 학생. 지금 하는 말이 얼마나 무례한 일인지 알고 있습니까? 아무리 요즘 주목을 받는 선수라고 해도…….

"제가 간다고 하면 만나 줄 겁니다. 전하고 말고는 장 본부장님의 마음이겠지만, 저 같으면 전하겠군요."

날 막는다면 그게 무례라는 것을 가르쳐 주지.

강산은 전화를 끊고 화이트 프로모션으로 향했다.

장경배의 주름이 짙어졌다.

'이런 싸가지 없는 녀석을 봤나.'

아가씨를 모신 지도 어언 15년째. 그의 나이도 이제 환갑을 바라보고 있었다.

그래서 예전에 비해 많이 유해지고 부드러워졌다지만, 전장에서 20년을 넘게 지낸 그였다. 마음 같아서는 조용히 녀석의 버르장머리를 고쳐 주고 싶었다.

'아가씨 덕에 산 줄 알거라.'

장경배의 눈이 전장의 전사처럼 빛났다. 그러나 이서경의 집무실이 가까워지자 눈빛은 거짓말처럼 사그라졌다.

"아가씨, 장경배입니다."

어쨌든 간에 아가씨가 특별히 신경 쓰는 녀석이다. 얼마 전에는 일부러 그들이 저녁을 먹는 곳까지 찾아갔을 정도였다. 그러니 마음에 들지 않아도 보고는 해야 했다.

"들어오세요."

문을 열고 들어가자 결재 서류를 검토하고 있는 이서경이 보였다. 서류 옆에는 김이 모락모락 올라오는 찻잔이 놓여 있었다.

"강산 학생에게서 연락이 왔습니다. 아가씨를 만나고 싶다더군요."

사인을 하던 그녀의 손이 잠시 멈췄다. 뭔가를 생각하는가 싶더니 사인을 마저 하며 서류철을 덮었다.

"언제 보자던가요?"

의외였다. 지금까지의 일을 알게 된 강산이라면 나오라고 일방적인 통보를 하고 말지, 만나게 해달라는 요청을 할 사람은 아니었다.

그래도 그가 만나자니까 벌써부터 설렌다. 찻잔을 잡아가는 손도 살짝 떨리고 있었다.

'나도 참.'

아직도 그를 생각하면 가슴이 두근거린다. 식당에서 그를 보았을 때는 그의 품에 안기고 싶은 마음을 억누르느라 참으로 힘들었다.

떨리는 손을 진정시키며 찻잔에 손가락을 거는 그녀의 귓가에 장경배의 말이 들려왔다.

"지금 오겠다더군요."

딸칵.

손가락에 힘이 풀리며 찻잔이 제자리로 떨어졌다.

"지금?"

당황스러움이 역력히 묻어나는 이서경의 모습에 장경배가 그럼 그렇지 하는 표정으로 말했다.

"제가 잘 타일러서 보내겠습니다."

건방진 녀석, 예의범절이 무언지 가르쳐 주마.

아가씨가 아무리 녀석에게 관심이 있다고 해도 이런 식의 방문은 말도 안 되는 일이었다. 장경배는 강산에게 단단히 주의를 주리라 다짐하며 몸을 돌렸다.

그런 장경배의 발걸음을 다급한 이서경의 목소리가 붙잡았다.

"아니, 멈춰요."

장경배가 자신을 생각하는 마음을 잘 안다. 그렇기에 그가 무슨 생각인지도 쉽게 짐작할 수 있었다.

이서경은 장경배가 얼마나 위험한 생각을 했던 것인지 말해주고 싶었지만, 지금은 그럴 때가 아니었다.

"이후의 스케줄은 모두 취소해 주세요. 그리고 임직원 카페는 직원들에게 양해를 구하고 비워주세요."

자리에서 일어난 이서경은 곧바로 밖으로 향했다.

"아가씨?"

"참, 그리고 절대 강산 씨에게 무례하게 굴지 말아주세요. 그분이 오시면 정중하게 카페로 안내해 주시고요. 이왕이면… 조금 천천히요."

지금의 모습으로 만날 수는 없었다. 머리도 손질해야 했고 옷도 갈아입어야 했다.

그를 만나는데 아무렇게나 하고 만날 수는 없었다.

장경배는 아가씨가 나간 문을 믿을 수 없다는 눈으로 쳐다보았다.

"강산 씨? 그분? 설마, 아가씨."

그런 별거 없어 보이는 학생을 마음에 두셨단 말입니까? 대체 언제부터?

이서경의 행보는 그도 전부 파악하지 못하는 부분이 있었다. 수행원이라고 해봐야 자신과 두 명뿐이지만, 그마저도 두고 움직이실 때가 많았다. 아마 그때 알게 된 것일까?

그간 강산을 지켜보며 정보를 모은 일들이 그제야 이해가 되었다.

좋아하는 감정만으로 이루어질 만큼 아가씨의 지위가 낮지 않았다. 아마도 평범한 그를 어떻게든 대등한 관계로 만들고자 하는 것이었으리라.

"허허, 참."

결혼하지도 않았고 자식도 없는 그가 딸자식 가진 아비의 마음이 이해가 되려 하고 있었다.

강산이란 녀석이 더욱 마음에 들지 않아지고 있었다.

*　　　　*　　　　*

강남에 위치한 화이트 프로모션의 건물 앞에 강산이 도착했다.

'잘 지내고 있구나.'

화이트는 반듯한 10층 빌딩을 모두 사용하고 있었다. 그것만 보아도 이서경의 삶을 짐작할 수 있었다.

여기까지 오면서 다시 한 번 고민을 했다.

화를 낼 일도 아니었고 뭐라 할 일도 아니었다. 어떻게 그럴 수 있었는지도 이제는 짐작 가는 부분이 있었다.

어쨌든 한 가지는 확신할 수 있었다. 그녀가 강산의 행로를 파악해서 일을 진행한 것이 그녀 자신을 위한 일이 아닌 오로지 강산을 위해서라는 점이었다.

유설이란 여자는 그런 여자였다.

'일단 들어보자.'

그녀의 입장을 알고 나서 행동을 결정해도 늦지 않았다. 그렇다고 전생처럼 난리를 칠 생각은 없었지만, 마음에 들지 않는 답변을 받으면 그냥 넘어가지 않을 일이었다.

강산은 천천히 빌딩의 입구로 들어섰다.

"어떻게 오셨나요?"

로비에 있던 안내데스크로 다가가자 데스크의 여직원이 친절하게 물어온다.

"이서경 이사님을 만나러 왔습니다."

"성함이?"

"강산입니다."

"잠시만 기다려 주시겠어요?"

여직원은 상냥하게 말하고는 장경배에게 연락했다.

장경배는 아무리 마음에 들지 않더라도 공과 사는 분명히 하는 사람이었다. 이서경의 지시에 따라 카페도 비웠고 로비에 강산이란 사람이 오면 연락하라고 말해두었었다.

얼마 지나지 않아 눈에 잔뜩 힘을 준 장경배가 나타났다.

'웃기는군.'

아마도 자신과의 통화에 기분이 나빴나 보다. 그렇다고 해도 가소롭기 그지없는 행동이었다. 그나마 눈에 살기가 없어 봐준 뿐이었지, 중원이었다면 눈에서 먹물을 쪽 뽑아…….

'이런, 난 강산이다. 진천이 아니야.'

이서경을 만난다는 생각에 또 다시 고개를 드는 중원의 사고방식이다. 그는 애써 중원에서의 관념을 내리눌렀다.

장경배는 강산을 향해 고개만 까닥였다.

"따라오십시오."

정중하게 대하라는 이서경의 당부에도 별로 그러고 싶지가 않았다. 하라니 할 뿐, 마음에 들지 않는 사람에게 잘할 정도로 성격이 좋은 편은 아니었다.

'날강도 같은 놈.'

눈에 넣어도 아프지 않을 이서경이 마음을 준 사람이었다. 자신이 부모는 아니어도 속이 쓰린 것은 어쩔 수 없었다.

그는 일부러 침묵을 고수했다. 엘리베이터에 올라타서도, 문이 열리고 내릴 때까지도.

일종의 위압감을 조성하려는 시도였지만 상대가 강산이었다. 슬쩍 돌아보니 아무렇지도 않은 표정으로 따라오고 있었다.

'언제까지 그러나 보자.'

사람들이 모르는 사실이 있었다. 이서경이 대하그룹의 실세이며 현 회장보다도 강력한 영향력을 가지고 있다는 것을 말이다.

관심이 있는 사람이라면 외동딸이란 것까지는 어찌 알 수 있어도 그 안의 권력 구조는 대외적인 부분밖에 모른다. 철저하게 숨겨왔기 때문이다.

비밀로 해야 했기에 평상시 경호 인력은 장경배와 두 명뿐이었지만, 오늘은 특별히 보안 요원까지 불러 카페를 지키고 있게 만들었다.

"이 안에 계십니다."

카페 앞에 검은 정장을 입은 보안 요원들이 위압적인 눈으로 강산을 노려보았다.

아무리 운동으로 단련된 학생이라도 두려움을 느끼게 만들만큼 강렬한 눈빛들이다.

강산은 슬쩍 고개를 돌려 장경배를 쳐다봤다.

아무리 생각해 봐도 이서경이 시키지는 않았을 것이다. 지금까지 그가 조용히 살아왔다고 해도, 그녀는 자신의 진면목에 대해서 잘 아는 여인이기 때문이다.

그렇다는 것은, 모든 것이 저 꼬장꼬장해 보이는 노인 때문이란 건데.

'참자.'

일단은 이서경을 만나는 것이 먼저였다. 그녀의 이야기를 듣고 나서 이들에 대한 처우를 생각해 볼 일이었다.

강산은 오랜만에 참을 인(忍)을 새기며 입구로 향했다.

"잠깐."

보안요원 하나가 강산의 앞을 가로막았다.

"뭐죠?"

"소지품 검사 좀 하겠습니다."

"소지품?"

"안에 계신 분은 높으신 분입니다. 혹시 모르니 흉기나 위험한 물건이 없는지 확인해야 합니다."

말투는 나름 정중했으나, 눈빛은 말 안 들으면 재미없을 거라고 협박하고 있었다.

강산의 눈빛이 착 가라앉았다. 재롱도 정도껏이다.

기르는 개가 사람을 물면 주인의 잘못이다. 아무리 주인이 시킨 것이 아니라고 해도 말이다.

"팔을 벌려주시겠습니까?"

간단하게 손만 뻗으면 눈앞의 보안 요원이 거품을 물게 할 수 있었다. 다른 놈들이 상황을 파악하기 전에 모조리 쓰러트릴 능력은 차고도 넘쳤다.

강산은 가만히 보안 요원의 눈을 쳐다봤다. 무심하게 가라앉은 눈동자가 오히려 보안 요원의 가슴을 압박해 갔다.

그 눈 속에서 마기가 꿈틀거리고 있었다.

'무슨 눈빛이…….'

고등학생이라고 들었다. 적당히 겁을 줘서 기를 죽이라는 이야기에 쉽게 생각했었다. 딱히 폭력을 행사하라는 부당한 요구도 아니어서 가벼운 여흥 정도로 여겼었다.

그런데 마주하고 보니 오히려 두려워지는 것은 자신이었다. 숨이 막힐 것 같고 전신에 소름이 돋았다.

"이러면."

"헉!"

잔뜩 긴장했던 보안요원은 갑작스런 강산의 말에 헛숨을 들이켰다.

그러거나 말거나 강산의 팔은 서서히 위로 올라갔다.

"됩니까?"

팔을 양쪽으로 벌린 강산이 씨익 웃어 보였다.

그걸 마주한 보안 요원은 등줄기가 축축하게 젖어드는 것을 느꼈다.

당황스런 마음에 마른침을 삼키며 주변을 둘러보니 동료들이 이상하단 눈으로 쳐다보고 있었다. 아무도 그가 느낀 것을 전혀 알지 못하는 표정이었다.

'녀석들.'

강산은 이들이 어차피 월급쟁이일 뿐이란 것을 잘 안다. 상부의 명령에 어쩔 수 없이 달려드는 불나방 같은 존재다.

또한, 아버지처럼 위에서 시키면 시키는 대로 할 수밖에 없는 평범한 직장인이기도 했다.

거기에 대고 죄를 물을 수는 없었다. 잘못이 있다면 직원교육을 제대로 안 한 윗사람의 문제였다.

그러나 이대로 넘어가기는 싫었다. 사람을 몰라보고 이빨을 드러내는 못된 강아지라면, 콧잔등 정도는 때려줘야 했다.

한편으론 자신을 평범한 고등학생으로 생각했기 때문에 벌일 수 있는 일이었다라고 생각하니, 나름대로 실수 없이 평범하게 잘살아온 것 같아서 만족감도 들었다.

그래서 이 정도 선에서 봐주는 거다.

"왜 그러시죠?"

싱글거리며 웃는 학생의 모습에선 방금 전의 느낌은 사라지고 없었다.

참으로 귀신이 곡할 노릇이다. 아니, 내가 잠시 귀신에 홀리기라도 했던 건가?

"응? 무슨 땀을 그렇게 많이 흘려?"

바로 곁에 있던 동료의 말에 얼굴을 훔쳐보니 축축하게 젖어 있었다.

"안 되겠다. 내가 할 테니까 가서 쉬어."

동료의 말에 강산의 품을 뒤지려던 보안 요원이 뒤로 물러섰다. 그리고 연신 고개를 갸웃거리며 자리를 벗어났다.

"그럼……."

떠난 동료 대신 앞으로 나선 보안 요원이 강산의 몸을 만지려 했다.

하지만 강산은 쉽게 몸을 수색하게 할 마음은 없었다. 새롭게 자신의 앞에 선 보안 요원에게도 마기의 공포를 보여주어야 했다.

'그게 또 공평한 법이지.'

또 한 명의 희생자가 추가되기 직전, 그들의 구원자가 나타나지 않았다면 모두 마기의 재물이 될 뻔했다.

이서경은 갑자기 느껴지는 마기에 깜짝 놀랐다.

'대체 왜?'

비록 미약한 수준이었지만, 마기를 흩뿌린다는 것은 그의 심기가 좋지 않다는 이야기였다. 분명 정중하게 모시라 했는데, 이게 무슨 일인가?

그녀는 자리에서 일어나 밖으로 향했다. 문 밖에 보안 요원 하나가 자리를 비우는 것이 보였다. 그리고 다른 요원이 강산의 앞에 서고 있었다.

또다시 그에게서 마기가 흘러나오려 하는 모습에 그녀는 빠르게 문밖으로 나섰다.

"뭣들 하는 건가요?"

차갑게 가라앉은 음성이 카페 입구에서 들려왔다.

황급히 물러서는 보안 요원의 뒤쪽에 새하얀 투피스 정장과 간단한 액세서리로 꾸민 이서경이 있었다. 화려한 치장은 하지 않았지만 그것만으로도 모든 이의 시선을 사로잡는 그녀였다.

보안 요원들은 아름다운 그녀의 모습에 눈을 떼지 못했다. 뒤늦게 자리를 잡았던 보안 요원들인지라 이서경의 모습을 처음 보았기 때문이다.

만약 장경배가 끼어들지 않았다면 추태를 보였을 일이었다.

"이사님, 절차에 따라 몸수색을 하고 있었습니다."

그제야 보안 요원들이 분분히 고개를 숙였다.

"절차?"

이서경이 눈살을 찌푸렸다. 그런 절차, 지금까지 해본 적이 없었다.

"아무래도 갑작스럽게 찾아온 친구인지라 신경이 쓰여서 말이지요."

듣자니 어떻게 된 일인지 알겠다. 그저 한숨만 나온다.

장경배의 충성심은 이서경도 잘 알고 있었다.

그녀를 딸처럼 여기며 결혼조차 하지 않은 사람이었다. 만약 이서경의 목숨이 위태롭다면 자신의 목숨 정도는 아무렇지도 않게 걸 사람이 바로 장경배였다.

이서경은 불안한 마음으로 강산을 쳐다보았다. 그가 기분이 나쁘면 안 될 일이었다.

그런데 강산의 표정이 묘했다. 지금까지 한 번도 보지 못한 얼굴이었다. 그건 마치 개구쟁이가 짓궂은 장난을 치며 즐거워하는 표정이었다.

검 한 자루로 거칠 것 없이 나아가며 천하를 호령한 사내.

독행마 진천.

그와는 전혀 어울리지 않는 모습이었다.

한편으로 안도가 되면서도 다른 한편으론 화가 났다. 시키지도 않은 일을 한 장경배가 괘씸했다.

"다들 각자의 자리로 돌아가세요. 아무도 카페에 얼씬거리지 않게 하시고요. 장 본부장님도 마찬가지예요. 그리고 이번 일에 대한 이야기는 다음에 하지요."

장경배는 차가운 그녀의 말에 별수 없이 고개를 숙이고 물러났다.

"알겠습니다."

"강산 씨, 번거롭게 해드려서 죄송해요. 일단 안으로 들어가시겠어요?"

강산은 고개를 끄덕이고 그녀의 안내를 받아 카페로 들어섰다.

*   *   *

카페의 중앙에 황금촛대가 올라간 세련된 테이블이 놓여 있었다. 강산을 맞이하기 위해 특별히 준비한 것이었다.

그것만이 아니었다.

이서경은 강산이 중원에서 가장 좋아했던 오리요리를 대접하기 위해 인근 호텔의 메인 주방장까지 불러왔다.

"입맛에 맞으실지 모르겠어요."

베이징 카오야는 베이징 덕이라는 이름으로 널리 알려진 중국 전통 요리 중의 하나였다. 그녀와 강산이 살던 시대의 요리는 아니었지만, 그나마 가장 낫지 않을까 싶어 준비한 것이었다.

강산은 이서경의 단아한 얼굴을 바라보았다.

막상 여기까지 와서 이서경의 얼굴을 보니 측은한 마음이 앞섰다. 그녀도 참 기구한 인생이란 생각이 들었다. 자신 같은 남자를 저리 맹목적으로 사랑하게 되었다니.

강산은 말없이 한 조각을 집어먹었다.

바삭한 껍질과 담백하고 부드러운 육질이 어우러져 씹는 맛도 꽤 괜찮았다.

"이렇게 드시면 더 맛있어요."

이서경은 강산의 표정이 나쁘지 않자 좀 더 용기를 내었다.

밀전병에 고기를 올리고 소스와 야채를 얹어 쌈을 만들었다. 그것을 한 손으로 집고 다른 손으로는 조심스레 받쳐 강산의 앞으로 가져갔다.

강산이 가만히 쌈을 바라보며 미동도 하지 않았다. 그에 실망한 그녀가 애처로운 얼굴이 되려는 찰나, 그가 쌈을 받아먹었다.

"음, 괜찮네."

이서경의 얼굴이 환하게 밝아졌다.

항상 독설만 내뱉고 칭찬 한 번 하지 않던 그였다. 그래도 묵묵히 그의 곁에서 궂은일을 도맡아하며 지켜왔다.

단 한 번이라도 따뜻한 말을 듣고 싶었다. 단 한 번이라도 칭찬을 받고 싶었다.

"뭐해? 어서 먹어. 맛있네."

부드러운 말투와 부드러운 눈빛. 지금 이 순간이 꿈이라면 깨어나고 싶지 않았다.

이서경이 조심스럽게 물었다.

"옆으로 가도 될까요?"

강산이 가볍게 고개를 끄덕였다. 그녀는 곧장 그의 곁으로 자리를 옮기고 본격적으로 먹는 것을 챙겨주기 시작했다.

"이것도 좀 드셔보세요."

음식이 나온 이후에는 서빙을 하던 사람들도 모두 밖으로 내보내 남의 눈치를 볼 일도 없었다.

강산이 받아주는 모습에 그간의 걱정과 설움도 이 순간만큼은 눈 녹듯이 사라졌다.

행복했던 식사 시간이 끝났다.

이서경은 당연하다는 듯이 강산의 입가까지 세심하게 닦아주었다.

"후식은 망고주스죠?"

그녀는 환하게 미소 지으며 주스를 가져오기 위해 자리를 비웠다.

냉장고에서 미리 준비한 최고급 망고를 꺼내 껍질을 벗기고 믹서기에 우유와 얼음을 넣고 갈았다. 그 모습이 테이블에서 보이고 있었다.

망고주스는 그가 즐기는 음료였다. 이번 생에서는 처음 만나는 그녀가 이미 그의 기호를 파악하고 있는 것이다.

강산이 씁쓸한 미소를 지었다.

지금까지 그녀가 그를 위해서 벌여온 일들이 나쁜 것은 아니었다. 그러나 그런 일들을 준비하려면 현생만으로는 부족한 감이 있었다.

그 감을 따라 기억을 되짚었고, 강산은 최근에서야 한 가지 일을 떠올렸다.

대하그룹.

파리나 모기를 때려잡은 일을 기억 못하듯 잊어버리고 있었던 전생의 악연이었다.

"여기요."

소녀처럼 생기발랄한 모습으로 자리에 앉은 그녀는 망고주스를 한 모금 마시고는 손뼉을 쳐대며 좋아했다.

"정말 맛있네요. 어쩐지, 왜 이걸 좋아하시나 했어요."

어찌 보면 순수한 마음이다. 그를 사랑하기에 작은 호의에도 저리 기뻐할 수 있는 것이리라.

강산은 주스를 한 모금 마시고 내려놓았다.

주스는 맛있었다. 그녀가 자신을 생각하는 마음이 담겨서인지, 그가 자주 가는 카페의 망고주스보다 더 맛있는 것 같았다.

하지만 그 달콤함이 모든 것을 덮어줄 수는 없었다. 이제는 꿈에서 깨어나 현실을 마주할 시간이었다.

"유설."

이서경의 어깨가 딱딱하게 굳었다. 그녀의 눈빛이 애처롭게 그를 바라보았다.

그러나 흔들리지 않는 강산의 눈빛에 이서경도 차분하게 마음을 가라앉혀야만 했다.

"가가."

당연히 그리 부르지 말라는 질책이 나올 줄 알았다. 조금이라도 딱딱한 분위기를 깨보고자 한 노력이었다. 그런데 의외로 아무 말이 없는 강산이었다.

그 모습이 오히려 그녀를 불안하게 만들었다. 가만히 바라보는 강산의 눈동자가 모든 것을 알고 있다 말하고 있었다.

그렇구나. 결국 그가 떠올렸어.

이서경은 눈을 감았다. 여기까지 오고 싶지는 않았는데, 이제는 어쩔 수 없었다.

이윽고 그녀가 눈을 떴다. 그 눈 속에 이서경은 사라지고 없었다. 단단하게 각오를 다진 백화옥녀 유설, 그녀가 강산을 마주하고 있었다.

"가가라고 부르고 싶다면."

강산의 전신에서 숨 막히는 기세가 뿜어져 나왔다. 지금까지와는 정반대의, 소름끼치도록 냉정한 모습이었다.

"전생에 내 가족들을 왜 죽이려 했는지 제대로 변명해야 할 것이다."

독행마 진천, 절대자의 분노가 유설에게로 향했다.

유설의 무공은 만혼도화지체에 기반을 둔 무공이었다. 아쉽게도 이서경의 몸은 만혼도화지체가 아니었다. 그렇기에 그녀의 현재 무공은 겨우 고수라 불릴 정도였다.

그렇다 보니 강산의 기세를 감당하는 것이 매우 버거웠다. 금방이라도 고개를 돌리고 자리를 피하고 싶었다.

하지만 유설은 묵묵히 강산의 분노를 감내하고 버텨 내었다.

"그건 죄송하게 되었어요."

진천에 대해서 많은 것을 알고 있다고 하더라도 그를 찾는 것은 쉬운 일이 아니었다. 전혀 다른 모습, 다른 사람으로 태어났으니 그건 당연한 일이었다.

진법의 힘을 이용하려 했지만 그 한계가 뚜렷했었다. 알 수 없는 이끌림이라고 해도 만나야 느낄 수 있기 때문이었다.

대기업 총수의 외동딸로 태어나 함부로 전국을 뒤지며 다닐 수도 없었다. 그래서 그녀는 자신의 자리를 공고히 다지며 훗날을 기약해야만 했었다.

그러던 중, 뒤늦게 강산의 존재를 알게 되었다.

대하그룹은 대기업이다. 수많은 계열사를 보유하고 있었고 음성적인 일을 하는 회사도 있었다.

그중에 하나가 강산과 충돌을 일으켰다. 당연히 그 회사는 강산의 방문을 받았고 주요 임원진은 죽음을 면치 못했다.

대하그룹이 발칵 뒤집혔다. 범인을 잡기 위해 모든 인맥을 동원하려 했다. 그러던 찰나에 그들이 찾아왔다.

"국정원에서 아버지를 찾아왔어요. 그들은 사건을 단순 사고로 덮으라고 하더군요. 당연히 아버지는 받아들이지 않으려 했었죠."

국정원은 대하그룹의 회장에게 제안했다. 이 일을 덮으면 정부에서 많은 편의를 봐주겠다고.

하지만 그것만으로는 부족했다. 대체 왜 국정원까지 나서서 이러는지 알아야만 했다. 회장을 무시할 수 없었던 국정원은 비밀 엄수 서약을 받고나서야 진실의 일부를 보여주었다.

"그 자리에는 저도 있었어요. 그들은 동영상 하나를 보여주더군요. 얼굴은 가려서 확인할 수 없었지만, 제가 잘 아는 무공을 사용하더군요. 네, 당신이었어요."

국정원이 돌아가고 회장은 믿을 수 있는 최측근들을 불렀다.

초인적인 능력을 발휘하는 한 남자, 그를 찾아 영입하라는 지시가 떨어졌다. 졸지에 사람들은 얼굴조차 모르는 강산을 찾아야만 했다.

모래사장에서 바늘 찾기였다. 회장의 강경한 지시가 아니었다면 불가능하다고 했을 일이다.

"그들에겐 어려울지 몰라도 저에게는 가능성이 있는 일이었죠."

동영상은 서울 시내의 CCTV에서 찍힌 것이었다. 이서경은 그곳에서부터 그를 찾기 시작했다.

그리고 결국 그를 찾을 수 있었다.

"당신을 발견하고 쫓아가려는데, 주변을 지키는 사람이 있더군요. 국정원 요원들이었어요. 그들이 제게 다가와 경고하더군요. 더 이상 관심을 갖지 말라고요."

그녀는 그들의 경고를 무시하려 했지만, 수행원들의 만류로 물러서야 했다.

그리고 곧장 아버지에게 찾아가 그를 찾았다고 말했다. 아버지라면 강산을 만나게 해줄 수 있을 거라 생각했기 때문이었다.

"왜 직접 찾아오지 않았지?"

"제게도 이번의 삶은 소중했어요. 중원에서 부모님의 얼굴조차 몰랐던 제게 새로운 부모님이 생겼으니까요. 당시의 제 무공으로는 조용히 당신을 만날 자신이 없었어요."

그녀가 국정원 요원들을 처리하고 강산을 만나게 된다면, 정부 차원에서 대하그룹에 어떠한 보복을 할지 몰랐다.

그래서 아버지의 정치적 수완을 믿기로 했던 것이었다.

"아버지가 당신의 부모님을 인질로 잡으려 할 줄은 정말 생각지도 못했었어요."

대하그룹은 최악의 수를 두었다. 강산에 대해서 조사를 하고 그가 가족을 중히 여긴다는 사실을 알게 된 후에, 가족으로 그를 컨트롤하겠다고 생각한 것이었다.

국정원은 대하그룹의 시도를 눈치채고도 놔두었다. 오히려 강산의 능력이 어디까지인지 시험해 보려 했다.

그리고 독행마 진천을 시험한 결과는 참혹했다.

대하그룹의 본사가 무너져 버린 것이었다.

물론, 그룹이 처음부터 강산의 가족을 인질로 삼으려한 것은 아니었다. 처음에는 그에게 막대한 부를 약속해 왔었다.

하지만 당시에는 중원에서의 관점이 더욱 큰 상태였다.

돈으로 그를 사려 한다는 대하그룹의 행태가 무인의 자존심을 건드렸다. 어머니가 아니었다면 참지 않고 그 자리에서 손을 썼을 일이었다.

그런데 녀석들은 그런 것도 모르고 강산의 가족까지 들먹이며 협박했다. 거기에 더해 납치 시도까지 저질렀다.

더 이상 참을 이유가 없었다.

진천은 일벌백계(一罰百戒)의 본보기로 대하그룹의 본사를 부숴 버렸다.

'그게 오히려 벌집을 건드린 셈이 되었지.'

자신의 주변을 알짱거리던 국정원 녀석들에게 무력시위를 겸하여 경고한 것이건만, 그들은 그걸 달리 해석했다. 그를 국가 위험요소로 분류한 것이었다.

너무 자존심만 내세우다가 볼 장 다 본 셈이었다.

"후우."

유설, 그러니까 이서경은 당시에 막을 힘도 없었고, 손을 쓰기에도 늦은 상황이었단 말이었다.

막말로 진천이 하도 깽판을 쳐 놔서 그녀가 접근할 상황도 아니었으니, 이래저래 참으로 마음고생 많이 했을 일이었다.

'가만. 그럼 그때 유설이 회사에 있던 건가?'

진천은 건물 위에서 천마멸천장을 날렸었다.

이름 그대로 하늘마저 갈라 버릴 강력한 장법이었다. 그로 인한 건물의 붕괴 속에 그녀가 있었다면 목숨을 부지하지 못했을 일이었다.

유설은 무거운 눈빛으로 자신을 바라보는 진천을 향해 조용히 말했다.

"전 당신을 탓하지 않아요."

탓할 수가 없었다. 모든 것은 어차피 자신이 선택한 일이었다. 진천은 그저 그답게 행동했을 뿐이고, 그는 자신을 몰랐었다.

원망하는 마음이 없다면 거짓말이리라. 그러나 스스로 목숨을 끊어가면서까지 역천의 진법을 사용한 자신이었다.

죽음을 넘어서까지 진천의 뒤를 쫓은 것은 자신의 선택이었다. 목숨 정도는 그를 만나기 위해서라면 몇 번이라도 버릴 수 있었다.

"유설."

그녀의 눈에 담겨 있는 두려움이 보였다. 굳게 다문 입술은 진천에게 모든 처분을 맡기겠다는 의지를 보였다.

웃기는 일이다.

지금까지의 삶 속에서 진천은 스스로가 얼마나 어리석게 살았었는지를 충분히 깨달았다. 그런 사람에게 끝까지 모든 것을 맡기려는 여인이라니.

하지만 이제는 각자의 길을 가야 할 때였다. 서로의 삶이 있고 인생이 있다. 새롭게 주어진 기회를 과거의 그림자에 얽매여 자유롭게 살지 못한다면 그 또한 억울한 일일 테니까.

유설을 만나면 꼭 해주고 싶었던 말이 진천의 입에서 흘러나왔다.

"고맙다."

진심으로 고마웠다. 그녀 덕분에 가족이 생겼고 삶이 무엇인지 깨달아가고 있었다. 자신처럼 유설도 새로운 삶의 의미를, 그 소중함을 찾기를 바라는 바였다.

"그리고 미안하다."

그녀의 얼굴이 경악으로 물들었다. 미안하다, 잘못했다. 그런 마음을 모르는 진천이 사과를 하다니.

하지만 그 속에 담긴 의미는 단순한 사과가 아니었다. 유설이 그걸 모를 리가 없었다.

"가가."

진천은 고개를 저었다.

"우리는, 진천과 유설은 죽었어."

유설이 마른침을 삼켰다.

아니, 이제는 유설이 아니었다.

"네 앞에 있는 난 강산이고, 내 앞에 있는 넌 이서경이야."

강산은 주스를 마저 마시고 자리에서 일어났다.

단지 진천과 유설의 인연 때문에 이러는 것은 아니었다. 지금의 세상에 피비린내 가득한 무림의 고수는 어울리지 않았다. 용의 역린과도 같은 과거다. 지워야 함이 옳았다.

"이만 가보겠습니다, 이서경 이사님. 오늘 반가웠습니다."

이서경은 창밖으로 멀어지는 강산을 바라보았다. 땅거미가 지는 거리 위, 그곳을 홀로 거니는 그는 더 이상 고독해 보이지 않았다.

'변했어.'

확실히 지금의 모습은 뭐든지 검으로 말하던 진천이 아니었다. 보다 인간다워졌고 따스함이 느껴졌으며 여유가 있었다.

그게 싫지 않았다.

독행마 진천은 위태로운 남자였다. 그냥 놔두면 부서질 것만 같은, 칼날 위를 맨발로 거닐던 고집불통의 남자.

이서경의 손끝이 창문을 더듬었다.

'강산.'

하지만 강산은 아니었다.

이제는 기대고 싶은 남자, 그녀도 사랑을 기대할 수 있는 남자가 되어 있었다.

광음소자 직염은 여인은 자신을 사랑하는 남자를 만나야 행복한 법이라고 말했었다.

진천이 그리되기에는 힘들다고, 이제는 그녀 자신의 행복을 찾아 눈을 돌릴 때도 되지 않았느냐며 안타까워하던 그가 떠올랐다.

'직염, 미안해요.'

나는 진천을, 강산을 포기할 수 없어요.

전생이든, 현생이든. 그녀의 사랑은 변하지 않았다.

*　　　*　　　*

챔피언 체육관은 늦은 시간에도 사람들이 남아 있었다.

본선이 이틀 앞으로 다가왔기에 신하윤과 문대식의 연습이 한창이었기 때문이다.

파팡, 팡, 팡, 파팡!

미트를 두드리는 경쾌한 소리가 체육관에 울려 퍼지고 있었다. 신하윤이 펀치를 뻗고 문대식이 받아주고 있었다. 두 사람 모두 전신이 땀에 흠뻑 젖어 있었다.

"하윤아, 적당히, 야!"

슬쩍 미트를 내리던 대식이 기겁을 하며 고개를 꺾었다. 하윤의 글러브가 귓불을 스치고 지나갔다.

"타임! 타임!"

급하게 물러선 대식이 숨을 돌리며 로프에 등을 기댔다.

"야, 왜 그래?"

어렸을 때부터 보아온 친구다. 대식이 하윤의 상태가 정상이 아님을 느끼는 것은 당연했다.

그게 단지 대회에 대한 압박감 때문인가 했었는데, 지금 보니 아무래도 아닌 듯싶었다.

"하아, 하아."

거친 숨을 몰아쉬던 하윤은 대식의 옆 로프에 몸을 기대며 마우스피스를 뺐다.

이서경.

그녀의 존재가 신하윤의 마음을 불안하게 만들고 있었다. 화이트 프로모션의 이사라서 나이가 좀 될 줄 알았다. 그런데 알아보니 20살이란다.

대체 그 나이에 어떻게 이사가 되었는지 궁금했다. 정보검색은 민수가 잘했기에 그를 닦달해 알아보게 했다. 그리고 찾아낸 이서경의 정체가 그녀를 괴롭게 만들었다.

대하그룹 외동딸, 그게 그녀가 어린 나이에 이사가 될 수 있었던 배경이었다.

"대식아."

"응."

"나 어때?"

"뭐?"

대식의 눈이 화등잔만 해졌다. 듣기에 따라 충분히 오해할 만한 질문에 그의 가슴이 심하게 뛰기 시작했다.

엉뚱한 생각을 하는 걸 눈치챈 하윤이 그의 머리를 가볍게 밀었다.

"이서경이랑 비교했을 때 말이야, 이 인간아."

쩝. 그래, 내 팔자가 그렇지 뭐.

대식은 손에 끼고 있는 미트로 머리를 강하게 문질렀다.

"갑자기 그건 왜?"

"…토 달지 말고 그냥 말하지?"

말하는 거야 그다지 어렵지 않았다. 그러나 잘못 말하면 자신이 미트의 역할을 해야 할지도 모르는 일이다.

'어쩌지.'

냉정하게 말해서 외모 외에는 비교 자체가 불가능하다. 그리고 외모도 딱히 우열을 가리기 힘들 정도다.

성격?

대식이 하윤을 쳐다봤다.

'딱히 좋은 성격이라고는……'

생각이 얼굴에 드러났는지 하윤이 주먹을 슬쩍 들어올린다.

"크흠! 뭐, 네가 더 낫지."

원래 눈앞의 주먹이 더 무서운 법이다.

그런 대식을 바라보던 하윤이 힘없이 들었던 팔을 늘어트렸다.

"거짓말."

뜻밖의 반응이 대식을 당황스럽게 만들었다. 평소의 하윤이라면 무성의한 대답에 주먹을 날려야 정상이었다. 그런데 이런 맥 빠진 반응이라니.

'그게 더 무섭다고!'

괜히 등으로 식은땀이 흘렀다.

"대기업 며느리와 그저 그런, 보잘것없는 집안을 둔 며느리. 상대가 안 되겠지?"

대체 이게 무슨 소리야?

곰곰이 생각하던 대식의 입이 벌어졌다.

"하윤아, 설마 이서경이란 여자가 강산이를 좋아하는 거 같단 얘기야? 헐, 그 무슨 말도 안 되는 생각이냐."

강산이 관심을 보이기는 했다. 그러나 자신이 생각하기에 그저 미인에 대한 호기심 정도일 뿐이다. 딱히 이서경과 어떤 썸씽도 없는 상황에서 왜 이리 앞서 나가는지.

"겨우 식당에서 한 번 마주쳤다고 그러는 거야? 야, 그건 그냥 우연이잖아. 그리고 딱히 그 여자가 강산에게 관심을 보인 것도 아니고."

아무튼 남자들이란. 둔해도 이렇게 둔할 수가 없다.

단지 우연이라고 치기에는 그녀의 신분이 마음에 걸렸다.

북적거리는 허름한 식당—그들 입장에서 생각하자면—에 다닐 만한 사람이 아니었다. 배경을 다 떠나서 그럴 수도 있다고 쳐도, 이서경이 이따금 강산을 바라보는 눈초리에는 감정이 담겨 있었다.

여자는 여자가 더 잘 아는 법이었다. 이유는 알 수 없었지만, 이서경은 강산에게 호감, 그 이상의 감정을 가지고 있었다.

"어? 강산이다."

대식이 체육관 문을 열고 들어오는 강산을 발견하고 손을 흔들었다.

"다들 늦게까지 하고 있었네."

강산이 웃으며 링으로 다가왔다. 그것을 본 하윤의 볼이 잔뜩 부풀어 올랐다.

"이제 본선이잖냐. 우승해야지."

우승이라. 무체급 예선에서 보았던 자만 아니라면 두 사람의 우승도 가능해 보였다.

"산."

"응?"

심기가 불편해 보이는 하윤이 강산을 향해 손짓했다.

"스파링 해."

강산이 어딜 갔는지 문 관장에게 들었었다.

화이트 프로모션을 갔다면 당연히 이서경이란 여자를 만났을 일이었다. 자신은 그 때문에 마음을 졸이고 있었는데, 저리 웃으면서 나타나니 화가 치밀었다.

질투? 그래. 질투다.

하지만 이 질투는 정당한 거다. 다른 사람은 몰라도 신하윤 자신은 질투해도 된다고 생각했다.

강산은 땀에 젖은 그녀가 무리를 하는 것 같아 한마디 했다.

"괜찮겠어?"

무언가 그의 분위기가 이전과 달랐다. 챙겨줘도 은근히 챙겨주는 편이었던 강산이 저런 얼굴과 표정으로 말하다니.

이서경을 만나고 마음의 정리를 해버린 여파란 것을 하윤은 알지 못했다. 그러다 보니 괜한 오해를 하고 말았다.

"흥, 좋았나 보네."

강산은 뭐가 좋았다는 건지 이해가 가지 않았다.

"옷 갈아입고 올라오기나 해."

어깨를 으쓱이고 탈의실로 향했다. 그 뒤를 대식이 따라왔다.

"야, 강산아."

"응."

"하윤이가 아무래도 질투하는 거 같다."

"질투?"

"이서경이라는 여자를 되게 신경 쓰는 거 같아."

강산의 입가에 쓴웃음이 매달렸다.

겨우 한 번 보고 뭔가를 느낀 것이 분명했다. 참으로 무서운 여자들의 육감이다.

'귀여운 녀석.'

하윤이가 이대로 의기소침하게 둘 생각은 없었다. 그냥 놔 둬도 알아서 잘 하겠지만, 강산은 그녀를 제대로 도와야겠다고 생각했다.

이서경에게 혹여 열등감을 느끼지 않도록, 누군가가 비교를 해도 쉽게 우위를 점치지 못하도록.

신하윤이 좀 더 멋진 여인이 되도록 해주고 싶어졌다.

2장
할 일이 많아

18세기 영국에서 최초로 복싱 아카데미가 세워지며 근대 복싱의 출발이 시작되었다. 처음부터 룰이 존재했기에 신사들의 스포츠라고까지 불리었었다.

그러나 복싱의 역사는 이보다 더욱 길었다.

고대 이집트에도 복싱과 비슷한 것이 있었으며, 특히 고대 로마의 권투사는 상대를 죽이면 영웅으로 추앙받기까지 했었다.

신사와 야만.

양면성을 지닌 복싱이 아마추어아 프로로 니닌 것은 어찌 보면 예견된 수순이었다.

하지만 사람들은 신사성보다 야만성에 열광하게 마련이다. 피와 땀으로 물든 치열한 링을 원하지, 포인트에 연연하는 밋밋한 경기에는 매력을 느끼지 못했다.

그래서 아마추어도 헤드기어를 벗는 과감한 선택을 했다. 어려움을 타파하기 위해 노력했던 것이었지만, 이미 대중의 관심은 멀어진 후였다.

무엇보다 피겨스케이팅이나 수영, 역도같이 주목할 만한 스타급 선수의 부재도 한몫을 했다.

아마추어 챔피언전이 주목을 끌게 된 것이 바로 이런 부분들이었다.

강산의 시원한 복싱, 신하윤의 도도한 복싱, 문대식의 저돌적인 복싱, 우철의 야만적인 복싱.

네 가지의 서로 다른 뚜렷한 색이 사람들의 관심을 끌었고, SBC방송국의 오채환 PD는 그들의 스타성을 부각시켰다. 지금까지의 경기 모습을 하이라이트로 만들어 방영한 것이다.

그 영향은 본선이 시작되면서 드러났다.

와아아—!

강산이 나타나자 장충체육관의 메인 스타디움을 가득 채운 관중들이 환호성을 질렀다.

대회 7전 7KO 전승. 그것도 1라운드 안에 끝내 버리는 압도적인 실력에 과거의 영광을 기억하는 사람들이 대회를 찾왔기 때문이다.

1970~80년대 많은 이에게 희망을 전해주었던 복싱의 향수는 아직도 중장년층의 가슴에 씨앗을 남겨두고 있었다. 그들은 어린아이처럼 눈을 빛내며 링을, 강산을 바라보았다.

두려움과 공포로 바라보는 것이 아니었다. 기대, 열망, 추억이 서린 눈빛들이었다.

강산은 나쁘지 않은 기분으로 링 위에 올라섰다.

장충체육관 중계실의 아나운서가 흥분한 목소리로 외쳤다.

"원투, 원투, 원투! 믿겨지지 않습니다! 강산 선수의 펀치는 유도미사일이에요!"

"네, 그렇습니다. 상대의 빈틈을 정확하게 파고들죠. 경기 분석 결과, 95퍼센트 이상의 유효타를 기록하고 있습니다. 정말 믿겨지지 않는 수치입니다."

아나운서가 자리에서 벌떡 일어섰다.

"말씀드리는 순간 어퍼컷이 작렬합니다! 다운, 다운입니다! 8강전에서도 변함없이 1라운드 안에 KO를 시키는 강산 선수! 대단합니다!"

해설위원은 움찔거리는 엉덩이를 겨우 붙잡고 차분하게 설명했다.

"보통 복서가 아니에요. 문춘수 전 챔프가 보물을 캐냈어요. 이대로만 간다면 내후년 올림픽에서 금메달도 노릴 수 있겠어요."

"강산 선수만이 아니죠. 같은 체육관 소속의 문대식, 신하윤 복서도 기대되지 않습니까?"

"그렇죠. 게다가 대하전자 소속의 우철 선수도 엄청난 복서입니다. 그렇게 되면 다음 올림픽에서 남자부 56, 69, 75와 여성부 48킬로는 금메달을 예약한 거나 다름없지 않을까 생각이 드네요."

"네, 그렇죠. 저도 솔직히 많이 기대하고 있습니다. 부디 전도유망한 네 명의 복서가 포기하지 않았으면 좋겠는데요."

"지금까지의 복싱계를 생각하자면 참으로 암담했죠. 하지만 이번에는 다를 거라 확신합니다. 이런 자리에서 말씀드려도 될까 싶지만, 사실 그간 복싱계에 암운이 드리운 이유를 짚어보자면, 뛰어난 복서들이 복싱을 포기하게 만드는 불합리한 대우와 여러 비리, 그리고 기업들의 외면인데요. 이번 대회를 통해 대기업인 대하그룹에서 전폭적인 움직임을 보였으니 복싱의 앞날이 밝지 않을까 합니다."

"네, 저도 그리 기대를 하고 있습니다. 아, 경기 끝납니다. 강산 선수의 1라운드 KO 승리입니다!"

링 위에서 레프리가 경기 종료를 선언하고 있었다.

"정말 대단한 복서입니다. 정말 대단해요! 앞으로가 정말 기대됩니다!"

강산은 8강과 4강전, 무체급과 체급 모두를 석권하며 결승에 진출했고 69kg급에서 전직 국가대표를 물리치며 우승을 거머쥐었다. 남은 것은 무체급 결승.

신하윤의 상대는 하나같이 주눅이 드는 모습을 보여주었다. 모두가 마안의 위력이었지만, 그로 인해 링 위의 여왕이란 별칭을 얻으며 48kg급 우승을 차지했다.

문대식 또한 56kg급 우승을 차지하며 불도저란 별칭을 얻었다. 어지간한 펀치는 무시하며 접근전으로 몰아가는 스타일 때문이었다.

그리고 우철.

우락부락한 근육질의 그에겐 핏불이라는 별칭이 붙었다.

"핏불이라."

대기실에 있던 우철이 눈을 빛냈다.

아메리칸 핏불 테리어.

고통을 참아내는 뛰어난 인내력과 목표에 대한 집착이 강해 투견으로 유명한 개였다.

우철이 뛰어난 맷집으로 상대를 압박하며 철저하게 유린했기에 붙은 별칭이었지만, 하필이면 개라는 것이 마음에 들지 않았다.

'진짜 개가 뭔지 보여주마.'

전장에서 인간백정이라 불리던 그였다. 정신과 치료를 병행하여 많이 좋아졌다고는 하지만, 전장의 습성이 어디 사라지는 것은 아니었다.

게다가 상대를 생각하니 은근슬쩍 부아가 치밀어 올랐다.

엄친아 천재 복서 강산.

강산이 유명세를 타면서 그에 대한 기사가 보도되었다. 뛰어난 성적과 외모에 복싱까지 잘한다. 진정한 엄마 친구 아들이라는 수식어가 그에게 따라붙었다.

그게 뛰어난 사람을 가리키는 말임을 알게 되니, 은근히 배가 아팠다.

누구는 개 취급을 받는데 말이다.

'기어나가게 해주지.'

무체급 결승이 벌어지는 장충체육관 메인 스타디움은 빈자리 하나 없이 관중으로 들어찼다. 기자들도 따로 마련된 기자석을 가득 채우며 벌써부터 카메라를 준비하고 있었다.

방송국의 적절한 하이라이트 방송과 각종 SNS, 화이트 프로모션의 입김으로 마련된 최고의 무대였다.

"안녕하십니까. 전국 아마복싱 챔피언전의 중계를 맡은 아나운서 박재훈입니다. 제 곁에는 변재원 해설위원께서 나와 계십니다. 안녕하십니까, 해설위원님."

"안녕하십니까."

"드디어 이번 대회의 하이라이트라 할 수 있는 무체급 결승입니다."

"네, 그렇습니다. 이번 대회 11전 11KO의 강산 선수와 5전 5KO를 기록하고 있는 우철 선수의 경기죠."

"두 선수 모두 1라운드에 KO승을 거둔 대단한 선수들이 아닙니까? 하지만 체력적으로 강산 선수가 불리하지 않을까 하는데요. 해설위원님 생각은 어떠신지요?"

"네. 체급전까지 뛴 강산 선수가 불리한 것은 사실이라고 생각합니다. 이틀간의 휴식 외에는 매일 시합을 한 거나 다름 없거든요. 하지만 두 선수의 경기 내용을 보면 박빙의 승부가 펼쳐지지 않을까 합니다."

"왜 그렇게 생각하시는지요?"

"강산 선수는 지금까지 정타를 허용한 적이 없습니다. 천재 복서, 완벽한 복서라는 말이 괜히 나온 것이 아니죠. 하지만 우철 선수는 꽤 많은 정타를 허용했습니다."

"그 말씀은 축적된 데미지를 비교했을 때, 큰 차이가 없을 거라는 말씀이십니까?"

"그렇죠. 가벼운 잽을 맞아도 그 충격이 쌓이면 무너지는 법입니다. 우철 선수가 아무리 맷집이 좋아도 그만큼 맞았으면 회복에 시간이 걸리거든요. 결국에는 강산 선수의 피로도나 우철 선수의 피로도가 비슷하지 않을까 생각되어집니다."

"강산 선수는 엄친아 복서라고도 불리는데요. 들어보셨습니까?"

"언론에서 보도된 내용을 봤습니다. 음. 솔직히 남자의 주적이라고 하고 싶을 정도더군요."

아나운서가 웃음을 터트렸다.

"네, 그렇죠. 생기기도 잘생겼고 전교 1등을 놓치지 않는 성적에 외국어에도 능통하다더군요."

"복서로서의 능력도 타고나지 않았습니까? 게임으로 치자면 사기급 캐릭터라고 볼 수 있지요."

"거기에 비하면 우철 선수는 억울할 거 같은데요. 핏불이라 불린다면서요?"

"뛰어난 맷집으로 코너까지 몰아가서 쓰러트리는 스타일 때문이죠. 펀치력과 강력한 맷집을 타고난 선수입니다. 그렇다고 맷집만 있는 것도 아닙니다. 상체도 잘 써요. 제대로 들어오는 정타는 다 피하는 것 같더군요. 강산 선수가 무하마드 알린이나 로키 마르시아를 떠올리게 한다면, 우철 선수는 마이크 타이거를 떠올리게 한달까요?"

"로키 마르시아요?"

"아, 그는 무하마드 알리 이전의 복서입니다. 49전 전승 무패의 헤비급 챔피언이죠. 영화 로키의 모티브가 그이기도 합니다."

"패한 적이 없다니, 대단하군요. 강산 선수가 지금까지 무패의 전적을 가지고 있지 않습니까? 어쩌면……."

"링의 영원한 승자는 없다고 하죠. 가능성은 있지만, 지금까지 세계 무대에 서지는 못했기에 장담할 수 없는 부분입니다."

어쩌면 가능할지도 모른다. 하지만 벌써부터 그런 말을 논하기에는 시기상조라고 생각했다.

"아, 드디어 경기가 시작되려 합니다."

와아아—

삐이익—

강산이 대기실을 나서자 수많은 사람의 함성과 휘파람 소리가 귀청을 두드린다.

오늘은 그가 다니는 고등학교에서도 응원을 나왔다고 한다. 아버지의 회사는 물론이고 어머니 회사에서도 사람이 나왔다.

"산아, 저거 봐."

우승 후에도 쉬지 않고 강산의 세컨으로 나온 하윤이었다. 그녀가 가리키는 곳에 대형 플래카드가 보였다.

[물어라, 핏불!]

플래카드를 들고 있는 자들은 하나같이 마초맨이라 할 수 있는 남자였다. 근육질에 운동 좀 했다 하는 이들이었다.

엄친아에 대한 질투와 하윤의 남자 친구란 사실이 생각보다 많은 안티를 만든 셈이었다.

"귀 물리지 않세 조심해야겠다."

과거 마이크 타이거가 상대 복서의 귀를 물어뜯었던 사건을 말하는 하윤의 입가에는 미소가 걸려 있었다.

요즘 들어 강산이 하윤의 곁에 붙어살다시피 하면서 많은 신경을 써주고 있기 때문이었을까? 체급별 경기에서 우승까지 한 하윤은 전보다 더욱 밝아진 모습을 보였다.

강산은 링에 올라가기 직전, 하윤의 이마에 가볍게 입을 맞춰주었다.

"우승한 다음에 놀러가자."

"어, 응."

하윤의 얼굴이 발갛게 물들었다.

어지간해서는 애정을 표현하지 않는 강산이 많은 이들이 보는 앞에서 뽀뽀를 해줄 줄은 꿈에도 생각지 못했었다.

"이 녀석들이. 아주 홀애비 앞에서 염장을 질러요. 어여 올라가기나 해!"

문춘수의 핀잔을 들으며 강산은 링 위에 올라섰다.

오늘의 경기만 우승하면 한동안 돈 걱정은 없으리라. 11억이란 돈이면 부모님께 많은 여유를 드릴 수 있었다.

─홍코너, 한가람 고등학교 챔피언 체육관, 가─앙─산!

아나운서의 소개를 들으며 팔을 번쩍 들어 관중들의 환호에 답례했다.

이런 것도 나쁘지 않았다. 연예인들이 대중의 인기에 목말라 하는 이유를 알 것도 같았다.

강산과 우철의 소개가 끝나고 두 사람이 마주했다.

"죽지 않게 조심해라."

살벌한 우철의 말에도 강산은 눈 하나 깜짝하지 않았다.

'지루하진 않겠네.'

우철에게서 꿈틀거리는 내공이 느껴졌다. 확실히 내공심법을 익히긴 한 모양이었다.

'이런 녀석들이 많으면 심심하진 않겠는데.'

순수하게 육체적인 능력만 쓴다고 하더라도 세계적인 선수들이 아니라면 아쉬운 강산이었다.

우철을 비롯한 독천 소속의 복서들이 이서경에 의해 약간의 무공을 배운 상태라는 것은 들어서 알고 있었다. 확실하게 무공이라고 생각들은 못하겠지만, 무의식중에 내공을 움직이도록 이서경이 손을 써 두었다고 들었다.

강산이 너무 압도적인 실력을 보이면 문제가 될지도 모르기에 취해진 조치였다.

"파이트!"

땡!

경기 시작을 알리는 주심의 외침과 더불어 공이 울렸다.

동시에 바람 가르는 소리와 함께 우철의 스트레이트가 귓가를 스치고 지나갔다.

강산의 입가에 미소가 지어졌다.

그녀가 준비해 준 선물이다. 이번 경기는 최대한 놀아 볼 마음이 들고 있었다. 이번 대회를 화려하게 장식해 주면 이서경의 회사 입장에서도 좋을 일이었기 때문이다.

이윽고 두 선수의 몸이 화려하게 움직이며 사람들의 시선을 사로잡기 시작했다.

상하좌우, 두 선수의 상체가 끊임없이 움직이며 서로의 펀치를 피하고 걷어낸다. 일진일퇴를 거듭하며 거의 제자리에서 이루어지는 빠른 공방은 사람들을 경악하게 만들었다.

"믿겨지지 않습니다! 철저하게 계산된 매스 복싱을 보는 것만 같습니다!"

"네, 그렇습니다. 마치 사람들에게 보여주기 위한 약속 대련처럼 보이는군요."

말도 안 되는 빠르기는 아니었다. 충분히 세계 상위 랭커라면 보여줄 수 있는 몸놀림이었다.

다만, 그게 별다른 이동 없이 제자리에서 이루어지는 것이었으며, 이번 대회가 공식 데뷔전이나 다름없는 신인들의 공방이었기 때문에 놀라운 것이었다.

하지만 우철의 놀람은 더했다.

'이럴 수가!'

전장을 구른 그의 기술은 대개 일격필살이다. 최단 거리를 상정하여 일시에 무력화, 또는 살상할 수 있도록 치명적인 공격만을 시도한다.

몸에 밴 그런 습관들이 복싱과도 잘 어울렸다. 전장에서처럼 상대방을 죽일 수는 없어 그 부분만 주의하면 되었다.

그런데 눈앞의 젊디젊은 녀석은 어떤 면에선 자신보다 더 뛰어난 모습을 보여주었다. 이건 마치 자신의 모든 공격을 예상하고 움직이는 느낌이었다.

땡!

공 소리와 함께 두 선수의 펀치가 우뚝 멈췄다. 우철의 강력한 라이트훅과 강산의 어퍼컷이 서로의 안면에서 1cm도 안 되는 거리에 정지해 있었다.

"대, 대단합니다!"

와아아ー

아나운서의 외침과 동시에 관중들의 환호성이 경기장을 가득 메웠다.

강산은 웃음을 보이며 코너로 향했다.

우철이란 복서는 내공을 제대로 운용하고 있었다. 강산이 강현의 무의식에 구결과 운기법을 새겨 넣은 것과는 달리, 이서경은 동공 계열의 기초적인 무공을 가르친 것처럼 보였다.

몸을 움직이면서 내공을 쌓게 하는 것이 동공이다보니, 자연스럽게 움직임에 진기가 흐르는 것이었다.

'형한테도 제대로 가르칠까.'

제자를 거둔 적도, 무공을 전수한 적도 없는 그였다. 가르친다는 행위 자체가 익숙하지 않은 데다, 정식으로 가르친다면 아예 끝장을 보고 말 그였기에 참아왔었다.

어차피 형은 어지간한 일에는 쉬이 다치거나 죽지 않을 것이다. 예전에 학교에서 그를 피해 도망치려 했을 때처럼 위기를 느끼면 금강현마공이 움직일 테니까.

'아니야. 힘이 있으면 사용하고 싶어지게 마련이거든. 지금이 딱 좋아.'

전생에서처럼 피로 물든 삶을 살 생각은 없었다. 자신이 움직이지 않는다면 가족들이 위험한 상황에 처하지는 않을 일이었다.

그렇다면 괜히 필요 이상의 힘을 주어 엉뚱한 일을 벌이게만들 필요는 없었다. 이미 형이 일진들을 휘어잡고 못난 짓을한 적도 있으니 더욱 신중하게 생각해야 했다.

"괜찮아?"

신하윤은 자리에 앉은 강산의 땀을 닦아주었다.

지금까지와는 다르게 1라운드에 치열한 공방이 오가자 격정이 되었다. 그가 질 거라는 생각은 하지 않았지만, 가까이서 보고 있으려니 가슴이 조마조마한 것이었다.

"응."

가볍게 고개를 끄덕이며 대답하는 강산의 얼굴은 평온하기만 했다. 흘린 땀의 양도 그리 많은 양은 아니었다.

힐끗 돌아보니 우철은 살짝 상기된 표정이었다. 확실히 강산이 더 우세해 보였다.

"산아, 너무 무리하지는 말고."

강산은 지금까지 내공을 한 톨도 사용하지 않고 있었다. 순수한 육체의 힘만을 사용하여 우철을 상대했으니, 어쩌면 우철보다 더욱 지쳤어야 마땅할 일이었다.

하지만 고수는 괜히 고수가 아니었다.

남들이 보기에는 격렬한 움직임이었으나, 그 속에서 강산은 최소한으로 움직였다. 가령, 일반적인 사람들이라면 크게 고개를 틀어 피할 것을 강산은 종이 한 장 차이로 피해내었다.

그것은 작지만 큰 차이였다. 더구나 절대고수의 평정심은 신체에 불필요한 긴장감을 일으키지도 않았다.

반면, 우철은 처음부터 압도적인 실력으로 강산을 이기려 들었다. 전장이었다면 적을 살피지 않고 달려드는 자살과도 다름없는 행동이었지만, 이곳은 목숨을 건 전장이 아니었다.

주먹 좀 맞는다고 죽을 일은 없었고 상대는 학생일 뿐이었다. 그가 쉽게 생각하는 것도 당연한 일이었다.

그렇다고 해서 수십 년을 전장에서 구른 그가 쉽게 풀어질 이유는 없었다. 그의 살기 가득하고 칼날 같던 마음이 이처럼 유해지고 여유로워진 것은 바로 이서경이 가르친 하나의 무공 때문이었다.

그녀가 전한 무공은 외공에 기반을 둔 선유대력(仙游大力)이란 내공심법이었다.

선유대력은 몸을 움직여 내력을 쌓는 동공의 일종으로, 도가의 내공심법 중 하나였다. 무당파의 장삼봉이 창안한 태극권과도 비슷한 성질이었기에 우철의 정신수양에도 많은 도움이 되었다.

강산을 바라보는 우철의 눈에는 불신의 빛이 역력했다.

'저놈 도대체 정체가 뭐지?'

상대는 17살의 고등학생이었다. 백전노장이나 다름없는 자신에 비한다면 솜털도 가시지 않은 애송이었다.

그런데 움직임 하나하나가 예사롭지 않았다. 스치듯이 피하는 몸놀림과 추가타를 날리지 못하도록 흐름을 끊는 견제 능력까지, 어느 하나 만만한 구석이 없었다.

'그렇다면…….'

아직 어린 학생이다. 감정 조절이 성인에 비해 어려울 거라는 생각이 들었다.

약점이 있다면 파고드는 것이 전장의 법칙이었다.

주심의 손짓에 링의 중앙으로 향했다. 여유로운 강산의 얼굴이 보인다.

'언제까지 그러나 보자.'

우철이 비릿하게 웃으며 자세를 잡았다.

강산은 묘한 분위기를 풍기는 우철을 가만히 바라보았다. 뭔가를 할 생각인가 싶은데, 대체 뭘 할지 궁금해졌다.

중원에서도 수많은 고수가 실력만으로 도전해 온 것은 아니었다. 때때로 기상천외한 수법으로 자신을 즐겁게 만들어 주기도 했었다.

지금 우철이 그들과 비슷한 느낌을 주고 있었다.

'해봐라.'

몸을 움직이는 것도 좋지만, 상대방의 수를 파훼하는 재미도 쏠쏠했다. 이번에도 그런 것을 기대하는 강산이었다.

땡!

그런데 기대와는 달리, 공이 울리자마자 우철의 발이 강산의 발을 밟았다. 명백한 반칙 행위였다. 그러나 발을 밟고 강력한 펀치를 날리는 짓을 한 건 아니었다.

우철이 글러브로 강산의 머리를 툭 밀었다.

레프리가 두 사람의 거리를 벌리고 발을 밟은 우철에게 주의를 주었다.

다시 재개된 경기. 이번에는 강산을 콱 끌어안았다. 그리고 뒤통수를 툭툭 건드렸다.

"엄친아라며? 집에 가서 엄마 젖이나 더 빨지 그러냐?"

…뭐 이런 병신이.

혹시 뭔가 특별한 방법이라도 쓸까 했다. 그래서 가만히 재롱을 받아줄 생각이었다.

그런데 반칙과 함께 이런 유치한 도발이라니?

"총각 딱지는 뗐냐?"

"열 받냐? 열 받으면 지는 거야, 병신아."

"에휴, 이 젖비린내 나는 새끼."

우철은 강산이 발끈해서 이성을 잃고 덤벼들기를 바랐다. 보통 이런 또래의 녀석들은 자존심이 강했다. 무시당하는 것을 매우 싫어하는 시기였기 때문이다.

유치하다는 것을 알면서도 꾸준히 도발을 했다. 클린치를 할 때마다 기분 나쁠 말을 하고 엉덩이와 머리를 툭툭 건드렸다.

그런데 어째 도발하면 할수록 자신의 기분만 더러워지고 있었다.

'뭔 놈의 눈초리가 저따구야?'

한심하다는 듯이 바라보는 강산의 눈초리는 마치 어른이 애들을 바라보는 그 눈빛이었다.

우우우―

2라운드 들어서 갑자기 바뀐 경기의 양상에 사람들이 야유를 보냈다. 그 야유는 당연히 우철에게로 향한 것이었다.

딱히 치명적인 반칙을 하는 것은 아니었지만, 이런저런 자잘한 반칙과 뭐라 입만 나불거리는 모습이 관중들의 마음마저도 상하게 만든 것이었다.

"제정신인가요? 우철 선수 대체 왜 저럽니까?"

"나름대로 심리전을 펼치는 것 같습니다. 복싱에서는 흥분하여 달려들다가 카운터 한 방에 KO 당하는 일도 비일비재하거든요."

"그래도 그렇지, 실력도 뛰어난 선수가 지금 뭐하는 짓인지 모르겠습니다."

전장에서 비겁함은 없었다. 죽이지 못하면 죽임을 당하는 전장에서 살기 위해 무슨 짓인들 못할까?

막상 부딪혀 보니 강산이란 선수는 보통내기가 아니었다. 인정하기 싫어도 현실을 부정할 수는 없었다. 살아남기 위해서, 승리를 위해서는 무슨 짓이든 하는 것이 우철이었다.

하지만 그런 우철의 마인드도 지금의 상황은 감당이 되지 않았다.

적군에 둘러싸인 상황에서는 생존이 유일한 욕망이었으나, 지금처럼 수많은 관중 사이에 서자 또 다른 욕망이 고개를 들었다.

명예를 얻고 사람들의 인정과 관심을 받고 싶어졌다. 그것이 돈과 직결된다는 것을 알기에 더더욱 욕심이 생기고 초조해지게 만들었다.

그래서 적의 약점을 공략하기 위해 행동했을 뿐인데, 사람들의 반응이 너무 차가웠다.

당황스런 와중에, 막 클린치를 풀려하는 그의 귓가에 강산이 한마디를 던졌다. 그것이 그의 흔들리는 평정심에 구멍을 뚫었다.

"쯧. 그렇게 살고 싶니?"

우철이 발끈했다.

이런 싸가지 없는 새끼가!

가뜩이나 마음에 들지 않는 상황이었다. 그런데 자신보다 한참이나 어린 녀석이 혀를 차며 하는 말이라니.

방귀 뀐 놈이 성을 낸다고 오히려 자신이 도발에 걸려들고 말았다. 그걸 의식할 새도 없이 강산의 잽이 안면에 적중했다.

픽!

정확하게 콧잔등을 때려 버렸다. 코피가 주륵 흘러나왔다.

이 상태로 강산이 과감하게 몰아붙였다면 정신없이 치고 받았겠지만, 강산은 오히려 한 걸음 물러났다. 한술 더 떠서 고개를 흔들며 한심하다는 몸짓을 취해 보였다.

어차피 우철이 아무리 기를 쓰고 전력을 다해도 자신의 상대는 아니었다.

그러나 1라운드 KO라는 지금까지의 기록을 깨고 우철을 상대한 이유는 이서경을 생각해서였다.

아무리 스포츠 프로모션이라고 해도 홍보효과가 없는 사업에 투자를 하면 모기업에서 질타를 받게 마련이다. 화이트 프로모션의 모기업은 대하그룹.

이서경은 그곳의 외동딸이다.

무남독녀도 아니고 위아래로 오빠와 남동생이 있다고 들었다. 그런 상황에서 그녀의 입지가 흔들릴 만한 일이 벌어지게 할 수는 없었다.

서로의 인연을 정리하려 해도, 그간의 공이 사라지는 것은 아니었다. 그녀의 희생과 각오를 무시할 수는 없는 일이었다.

이후로 어떠한 관계가 될지는 모른다. 단지 각자의 길에서 최선을 다하고 어느 순간 만나게 되면 웃음을 보여줄 수 있는, 그런 인생을 살고 싶었다.

"죽여 버린다."

우철의 눈이 독기로 번뜩였다.

아무리 정신과 치료를 받고 사회 적응 훈련까지 했다지만, 본래 인간백정이라고까지 불렸던 그였다. 궁지에 몰린 상황에서 본래의 성정이 나오는 것은 어쩔 수 없었다.

그런 그의 상황이나 마음을 강산이 알 리는 없었다.

하지만 이서경의 부하나 다름없는 사람이었고 나름대로 즐겁게 몸을 움직이게 해준 남자였다.

'10억짜리.'

게다가 녀석을 쓰러트리면 10억의 상금이 나온다. 그런 상금을 거머쥘 수 있도록 해준 이서경을 생각해서라도 깔끔하고 멋진 경기를 보여주기로 마음먹었다.

우철이 링을 강하게 박차며 쇄도해 온다. 링이 흔들릴 정도로 힘이 들어가 있다.

그만큼 엄청난 속도로 돌진해 오는 우철이었다.

아까와는 비교도 안 되는 콤비네이션 공격이 쉴 새 없이 쏟아졌다. 그리고 그때부터 강산의 몸이 좌우로 빠르게 움직였다.

"어, 어!"

아나운서의 입이 벌어졌다. 해설위원조차 기가 막힌다는 얼굴이었다.

"저럴 수가, 해설위원님. 저거 어디서 많이 보던 동작 아닙니까?"

"네. 만화 좋아하시는 분들은 익히 알만한 동작이죠. 잭 뎀프시의 기술······."

"뎀프시롤!"

복서를 꿈꾸는 사람이라면 한 번쯤은 봤을 만화, 한때는 복서들의 로망이었던 더 파이터즈 주인공의 기술이 실제로 재현되고 있었다.

빠르게 좌우 위빙으로 움직이던 강산이 강렬한 훅을 날리기 시작하면서 비교적 젊은 관중들은 괴성을 지르며 환호했다.

"우와아!"

"진짜다! 진짜가 나타났다!"

"뎀프시롤!"

연속적인 레프트라이트 훅이 우철의 몸을 낙엽처럼 흔들리게 만들었다.

복서의 격렬한 움직임, 호흡, 열정, 투기.

화려한 복싱무대를 보여주기 위해 생각해 왔던 것들을 강산이 실행하고 있었다.

제1회 전국 아마복싱 챔피언 대회의 막이 내렸다.

시상식에서 이서경을 볼 수는 없었다. 대신 장경배가 그녀를 대신하여 자리를 지켰다.

문춘수는 이번 대회에서 지도자 지원금을 두둑이 챙겼다. 빚을 청산하고도 수천만 원을 번 셈이었기에 아예 식당 하나를 전세내서 축하연을 열기까지 했다.

아는 사람들만 부른다고 했는데도 식당은 많은 이들로 복작거렸다. 강산을 비롯한 신하윤, 문대식은 축하연의 주인공으로 많은 이들의 축하 세례를 받아야만 했다.

정신없는 며칠이 그렇게 지나고 강산은 부모님의 앞에 통장 하나를 내밀었다.

"대회 상금입니다."

이선화는 통장을 들어 강창석과 함께 확인했다.

11억 중에 필요경비로 인정되는 80%, 8억 8천을 제외한 2억 2천에서 세금 33%를 뺀 나머지 10억 2천 7백 4십만 원이 들어 있는 통장이었다.

로또 1등에 당첨 되어야 받을 수 있을까 말까 한 액수다. 남편의 연봉과 자신의 연봉을 한 푼도 쓰지 않고 10년간 꼬박 모아야 겨우 마련할 큰돈이다.

그런 돈을 이제 겨우 17살인 아들이 벌었다. 기쁘기도 했지만, 한편으로는 걱정도 되었다.

아들의 비범함은 어렸을 때부터 보아 왔다. 공부도 잘했고 생각도 남달랐었다. 어쩔 때는 어른보다 더 어른스러운 아들이었다.

하지만 돈이란 것은 귀물이다. 돈이 돈을 부른다는 것은, 욕심이 욕심을 키우는 것과 비슷했다. 이번 일로 아들이 더욱 돈에 집착해서 복싱에만 집중할까 두려웠다.

자식이 성공하는 것을 싫어할 부모는 없었다. 만약에 강산이 치고 박는 운동선수만 아니었다면 강창석과 이선화도 쌍수를 들어 환영했을 일이었다.

복싱은 위험한 일이었다. 경기에서 이기고도 죽은 복서도 있었고 장애를 얻은 복서도 있었다.

아무리 돈을 많이 벌면 뭐 하는가? 죽거나 몸을 상하면 하등 소용없는 일이었다. 강창석과 이선화는 아들이 그저 건강하고 행복하길 바랄 뿐이었다.

"산아. 솔직히 말하마. 아빠는 말이다, 네가 복싱을 그만두었으면 좋겠다."

이선화도 강창석의 말에 가만히 고개를 끄덕였다.

"우리가 그리 못사는 집도 아니고 네가 돈을 안 벌어도 충분히 먹고 살 수 있어. 네가 계속해서 복싱으로 돈을 번다면, 엄마랑 아빠는 자식 목숨 값을 받는 기분이 들 거야."

"하지만 전……."

"알아. 네가 천재라고 불리며 사람들의 기대를 한 몸에 받고 있다는 거. 하지만 꼭 복싱만 고집할 필요는 없잖니? 공부도 잘하고 외국어도 잘하잖아. 좋은 대학도 갈 수 있고 좋은 직장에 취업할 수도 있어. 엄마는 우리 아들이 목숨 걸고 수십, 수백억을 버는 것보다 단돈 백만 원을 벌더라도 안전한 일을 했으면 좋겠다."

"엄마 말이 맞다. 그리고 너나 네 형은 뭘 해도 성공할 거라 생각한다. 그러니 복싱은 이쯤에서 그만두어라. 네가 받은 상금은 네 명의로 잘 관리해 줄 테니, 나중에 네가 백수가 된다고 해도 먹고살 수는 있게 해주마."

강산은 말없이 부모님을 바라보았다.

무엇보다 자신을 최우선으로 생각해 주는 부모님의 마음이 참으로 감사했다. 이분들을 만나지 못했다면 지금의 자신은 없었으리라.

하지만 복싱을 포기하기는 싫었다.

강산에게 이만큼 돈 벌기 쉬운 일은 없었다. 무림의 비무와 비할 바는 아니었지만, 핸디캡을 지고 겨루는 것도 나름의 재미가 있었다.

"일단은 대학부터 가겠습니다."

"일단이라고?"

"네. 전 회사에서 일하는 거보다 혼자 할 수 있는 일이 좋아서요. 복싱에 대한 것은 대학을 가서 천천히 생각해 볼게요."

어차피 당장 올림픽을 나갈 수 있는 것도 아니었다. 우선은 좋은 대학을 가는 것이 다음 목표였다.

강창석과 이선화는 그나마 다행이라고 생각했다. 솔직히 고집을 피우면 어찌 말려야 할지 고민이기도 했다. 그런데 스스로 대학부터 가겠다고 하니 마음이 놓였다.

"대신 체육관은 계속 다니겠습니다."

운동은 건강을 위해서도 하는 것이 좋았다. 그 정도는 흔쾌히 허락할 수 있었다.

*   *   *

신병철은 하윤의 아버지였다. 그는 쓰러지기 전에 건축 감리사로 일하고 있었다.

하루는 현장에서 떨어진 벽돌에 머리를 맞게 되었다. 일정도 빡빡하고 안전모도 착용하고 있었기에 별다른 이상이 없어 병원도 가지 않고 계속 일을 했다.

그것이 결국 사단을 일으켰다.

가뜩이나 과다한 업무로 무리를 한 상황에서 벽돌로 인한 충격이 뇌출혈을 발생시킨 것이었다.

결국 출혈성 뇌졸중으로 쓰러졌고 병원으로 옮겨 수술을 받게 되었지만, 수술 후에 의식을 차리지 못했었다.

그때가 하윤의 나이 3살 때의 일이었다.

"아~"

하윤은 아빠의 입에 죽을 떠 넣어주었다.

10년 만에 정신을 차린 아빠는 엄마와 날 보자마자 눈물부터 흘렸었다. 미안함과 고마움이 모두 담겨있는 그 눈물에 엄마와 나도 펑펑 울고 말았다.

의식을 차린 이후로 아빠는 어떻게든 나아지려고 노력해왔다. 그 덕에 지금은 어눌하지만 말도 할 수 있었고 몸도 어느 정도 가눌 수 있게 되었다.

난 아빠의 입가를 닦아주고 식판을 치웠다.

"유으나. 힘, 드지?"

"아니. 하나도 안 힘든데?"

"아, 압빠가 미, 미아안, 해에."

"뭐가 미안해. 그런 소리 하지 마. 나랑 엄마는 아빠가 이렇게 살아있다는 것만으로도 힘이 나니까. 아빠가 우리 먹여 살리려고 고생하다가 다친 거 가지고 왜 미안해?"

신병철의 입술이 기괴하게 비틀리며 위로 올라갔다. 웃는 거였다.

"그러케 생가케, 저서 고, 고맙, 다."

"고마우면 열심히 약 먹고 의사 선생님 말씀 잘 들어. 아빠는 분명히 나을 거야. 나중에 나 시집가면 내 손 잡아줘야지."

"시, 시지입?"

"그럼? 내가 언제까지나 아빠랑 있을 거 같아? 나도 엄마처럼 좋은 사람 만나서 행복하게 살 거야. 그러니까 아빠는 빨리 일어날 생각해야 해. 엄마 혼자 있게 하면 안 돼. 알았지?"

신병철의 눈가가 실룩거렸다. 마음에 안 든다는 표현이다.

"따, 딸……."

"딸자식 키워 봤자 소용없다고? 진짜? 그렇게 생각해?"

하윤이 손을 덥석 잡고 말하는 모양새에 어, 어, 하던 신병철은 결국 웃을 수밖에 없었다.

"아, 니. 우, 우리 따알, 최고야."

"그럼. 내가 최고지. 예쁘지, 착하지, 엄마 아빠 속도 안 썩히지. 이만한 딸 어디 가서 찾아?"

신병철은 고개를 연신 고개를 끄덕였다.

하윤은 아빠의 손을 잡아 자신의 뺨에 가져갔다.

"아빠. 집안 걱정도 할 필요 없어. 빚도 없고 병원비는 보험으로 다 나오고. 그러니까 마음 편하게 치료 받고 빨리 일어나."

엄마에게 대회 상금을 주어 빚부터 갚았다. 거기다 어제부터 강산 아빠의 회사 식당에서 일하면서 급여도 올랐기에 걱정도 많이 줄었다.

이제는 아빠만 일어나면 되는 일이었다.

강산은 병실 밖에서 부녀의 대화를 가만히 듣고 있었다.

지금까지 한 번도 병원에 찾아온 적이 없었다. 하윤은 자신의 어려운 상황을 보여주기 싫어했었고 강산은 그 뜻을 존중해 주었었다.

하지만 이제는 그럴 수 없었다.

그녀는 앞으로 더욱 성장해야 했다. 그러기 위해서는 먼저 성장을 저해하는 요소부터 없애야 했다.

그게 하윤을 위해서도, 그녀의 가족을 위해서도 최선의 방법이었다.

밤늦은 시각, 강산이 신병철의 병실 앞에 나타났다.

그는 조용히 문을 열고 안으로 들어섰다. 안에는 하윤의 엄마가 간병인용 간이침대에 누워 자고 있었다.

강산은 병실 안의 환자들을 일일이 확인하고 깨지 않도록 수혈을 짚었다. 그건 하윤의 엄마나 신병철도 예외는 아니었다.

모든 작업을 끝마치고 신병철의 머리맡에 선 강산은 무심한 눈초리를 하고 있었다.

이렇게 몰래 손을 쓰고 싶지는 않았다. 정면으로 부딪혀서 해결하는 것이 그였기에 썩 내키는 일이 아니었다.

하지만 어쩔 수 없었다. 그는 힘을 숨겨야 했고, 아무도 그에 대해서 눈치를 채서는 안 됐다.

강산은 품에서 네모난 상자를 꺼냈다.

온라인에서 구매한 침이었다.

상자를 뜯고 침을 꺼냈다. 멸균 포장된 봉지를 뜯어 미리 준비한 상자에 모두 쏟아 부었다. 신병철의 병세를 침을 이용해 빠르게 치유시키기 위함이었다.

사실 가장 빠른 방법은 내공을 이용한 치료였다.

신병철이 병원에 입원한 기간이 오래되어 신체가 약하지만 않았어도 내공으로 치료했을 것이다. 지금처럼 약해진 상태에서 자신의 내공을 썼다가는 마기가 몸을 망쳐 버릴 수도 있었기에 침을 선택했다.

기간은 약 한 달.

침을 이용해 경혈을 자극하고 천천히 강화해 줄 생각이다. 그 효과는 며칠 뒤부터 뚜렷하게 나타날 것이다.

강산의 손이 빠르게 움직였다. 침은 한 치의 오차도 없이 정확한 혈 자리에 정확한 깊이로 꽂혔다. 한의사가 본다면 혀를 내두를 솜씨였다.

5분도 되지 않아 신병철의 전신이 고슴도치처럼 변했다. 전신에 가득한 침은 1천여 개.

한의사 면허도 딸까?

아니다. 쓸데없이 번거로운 일을 할 필요는 없었다. 더구나 강산이 목표로 한 대학에는 한의학과가 없었다.

시간이 어느 정도 흐르고 강산은 침을 회수했다. 그리고 신병철의 전신을 한차례 주무르고 병실을 조용히 나섰다.

＊　　　　＊　　　　＊

　카페 클로리스.

　강산이 애용하는 집 근처의 카페다.

　그곳에 강산과 신하윤, 문대식, 김민수가 모였다.

　"다 같이 서울대 가자."

　뜬금없는 강산의 말에 문대식의 입이 떡 벌어졌다.

　"서울대?"

　"그래."

　"야, 무슨 말도 안 되는. 민수까지야 그렇다고 쳐도 나까지

서울대를 가자고?"

　"어."

　"말이 되는 소리를 해라. 내 머리로는 힘들다."

　"수능 점수만 어느 정도 올리면 돼."

　"그러니까 그게 내 맘대로 되냐고!"

　"된다."

　"뭐?"

　"사람은 마음먹기에 따라 얼마든지 기적을 일궈 낼 수 있

거든."

　"기, 기적?"

　문대식이 부들부들 떨었다.

결국 자신이 성적을 올리고 서울대를 가는 것이 기적이란 말이 아닌가?

"농담이다, 농담."

강산이 손을 휘휘 저으며 말한다.

요즘 들어 부쩍 부드러워진 느낌의 강산이었다. 이전에는 친구라 생각해도 어렵게만 느껴졌었는데, 근래에는 농담도 하고 잘 웃는다. 물론, 그 농담이 그다지 재밌지는 않았지만.

"전국체전에서 금메달 따고 내후년 올림픽에서 금메달을 따면 서울대 못 가겠냐? 수능만 어느 정도 올리면 서울대 갈 수 있어."

"야, 무슨 금메달이 애들 장난이냐? 다들 너 같다고 생각하지 말아주련? 안 그래 민수야?"

문대식의 이마에 핏줄이 솟아올랐다.

강산이라면 성적도 되고 복싱도 된다. 그러니 저렇게 쉽게 말할 수 있지만, 자신이나 민수는 아니었다.

"난 강산이가 공부 도와준다고 했어."

"뭐?"

"민수 말대로야. 같이 공부하고 훈련도 도와줄게. 이왕 사는 거 멋지게 살아야지. 서울대를 가서 유학도 가고 해외 프로복싱에서 돈도 벌고. 이왕이면 뭐든지 최고를 노려야지."

"그거야 복싱만 해도 되잖아. 왜 꼭 서울대를 가야 하냐고?"

"서울대 타이틀이 붙은 세계 챔프가 더 대단해 보이지 않냐?"

그야 그렇다. 체육대학을 나온 세계 챔프보다 서울대 출신인 세계 챔프가 더 관심을 받기 마련이다.

연예인 중에서도 서울대 출신인 것이 알려지면서 더욱 유명해진 사람도 있었다.

"공부는 해 둬서 손해 볼 거 없잖아. 이제 3년도 안 남았어. 그 기간만 이 꽉 물고 버텨내면 미래가 달라진다."

인내하고 노력하면 어떠한 형태로든 보상을 받을 수 있게 된다고 강산은 믿었다. 그 자신이 천하제일인이 되었던 것은 그런 바탕이 있기 때문이었으니까.

"끄응. 진짜 공부는 싫단 말이다."

강산의 말이 틀린 것은 아니었다. 문대식은 그저 공부하는 것이 싫을 뿐이었다.

테이블 위에 엎어진 대식의 어깨를 하윤이 두드려 주었다.

"힘내. 이왕이면 다 같이 좋은 대학 가는 게 좋잖아."

"흐, 뭐. 그렇긴 하지."

강산은 친구들을 보며 슬며시 미소를 지었다.

앞으로 자신이 많이 바빠질 것이었다.

하지만 그만한 힘도 능력도 있었다. 그렇기에 얼마든지 감수하고 인내할 수 있었다.

대학뿐만이 아니다. 이 세상을 잘 살기 위해서 필요한 모든 것은 손에 쥘 생각이었다.

이번 삶, 정말 행복하게 잘살고 싶었다.

3장
고수의 캠퍼스

서울대학교 체육교육과 실기시험을 보기 위해 온 강산은
나직이 한숨을 내쉬었다.

인정한다. 자신이 너무 쉽게 생각했다.

공부란 것이 무조건 한다고 잘하게 되는 것은 아니었다. 공
부에도 자질이 필요했다. 공부하는 머리가 따로 있다는 이야
기가 괜한 것이 아니었다.

가장 큰 실수는 친구들을 자신의 잣대로 생각했다는 점이
었다.

강산은 무공으로 인해 신체가 척상이 상태가 된 사람이다.
거기다 살아온 세월의 연륜이 있었다. 뇌의 기능이 뛰어나고

이해력도 남달랐기에 공부까지 잘할 수 있었다.

그런 그와 친구들은 달랐다. 타고난 재능도 달랐고 살아온 경험도 달랐다.

"강산."

"네."

강산은 자신의 차례가 되어 원 안에 섰다. 첫 번째 실기종목인 핸드볼 던지기다.

"후우."

공을 손에 쥔 그의 입에서 한숨이 흘러나왔다. 긴장 때문에 나온 한숨은 아니었다.

문대식은 결국 복싱 특기로 한국체대에 갔다. 전국체전에서 1등을 했고 강산의 노력으로 그럭저럭 내신 3등급을 유지한 결과였다. 현재는 국가대표 상비군이기도 했다.

김민수는 애당초 운동하고는 거리가 멀었다. 그래서 강산은 민수의 체력적인 부분에도 신경을 많이 써주었다.

그 덕에 비약적으로 늘어난 체력으로 자신이 하고 싶은 일에 열정을 쏟았다. 밤을 새며 만든 로봇으로 각종 로봇경진대회에서 입상을 하더니, 학교장 추천으로 카이스트를 가버렸다.

'나쁜 건 아니지만.'

그의 도움으로 각자 좋은 길로 간 셈이니, 확실히 나쁜 일은 아니었다.

하지만 애당초 그들과 함께 서울대를 목표했었다. 나름대로 마음먹고 움직인 결과가 이러니, 아쉬운 마음이 가득했다.

삐—

부저가 울리고 강산은 귀찮다는 듯이 공을 던졌다. 거의 일직선으로 날아간 공은 실내체육관 끝의 벽을 때리고 떨어졌다. 채점을 하던 시험관의 눈이 크게 뜨여졌다.

실기를 마치고 강산은 하윤을 기다렸다.

처음 핸드볼을 던졌을 때의 반응 때문에 이후 시험은 설렁설렁 봤다. 그래도 다른 수험자들보다 월등한 성적이었다.

하윤은 강산과 함께 대학을 다니고 싶어 누구보다 열심히 노력했다. 그녀의 아버지도 비밀스런 강산의 치료 덕택에 작년에 자리를 털고 일어나서서 어느 때보다도 여유로운 상황이었다.

"산아!"

하윤의 미모는 더욱 눈부셔졌다. 170의 키에 볼륨감 있는 늘씬한 몸매는 남자들의 시선을 사로잡았다. 그런 그녀가 강산을 발견하고 그의 목에 매달렸다.

"나도 합격했어."

뜬금없는 말이었지만, 당연한 말이기도 했다. 신하윤은 강산의 합격을 믿어 의심치 않았기 때문이다.

"잘했다."

두 사람은 나란히 캠퍼스를 거닐었다.

강산의 키도 부쩍 자라 186이나 되었다. 군살 하나 없는 탄탄한 몸매의 그와 하윤이 나란히 걷자 한 폭의 그림이 그려지고 있었다.

"이게 진짠가?"

체육교육과 학과장인 이찬주 교수는 조교가 들고 온 실기시험 결과를 보며 경악했다.

"네. 제가 시험장에서 직접 봤습니다."

그가 보고 있는 결과지는 강산의 것이었다.

기본 종목도 최고점이지만, 선택 종목인 육상 100m 달리기 기록은 10초 13으로 비공식 한국 신기록을 세웠다.

강산에 대해서는 그도 알고 있었다. 올해 3회째 개최된 전국 아마복싱 챔피언전의 1회 무체급 우승자이며 수능 만점자이기도 했으니 모를 수가 없었다.

솔직히 이찬주는 그가 의대나 법대를 갈 것으로 생각했었다. 아무리 복싱을 잘해도 성적이 이 정도면 대부분 체육계열로 나서진 않았기 때문이다.

그런데 좋은 조건을 다 마다하고 체육교육과를 지원한 것은 정말 뜻밖이었다. 조교를 보내 실기시험 결과를 미리 가져오게 한 것도 그래서였다.

"알겠네. 나가보게."

조교를 내보내고 의자에 깊숙이 몸을 파묻었다. 모처럼 괴물 신입생이 학과에 들어오게 되었다. 그게 꼭 긍정적인 면만 있는 것은 아니지만, 지금은 그런 걸 걱정할 때가 아니었다.

'한지겸.'

정치외교학부의 괴물로 불리는 한지겸. 지난 2년간의 대동제에서 각종 체육시합 트로피를 정치외교학부가 차지하게 만든 녀석이 떠올랐다.

'올해부터는 다를 거다.'

이찬주의 눈이 중년의 나이에 어울리지 않게 반짝이고 있었다.

* * *

고수의 경공은 말이 달리는 속도와 비슷하다. 절정고수의 경공은 말보다 두 배 이상 빠르다. 절대고수는 서울에서 부산까지 직선으로 달리면 1시간 이내에 도착할 수 있다.

말의 속도는 시속 60Km 정도임을 감안했을 때, 절대고수는 시속 300Km 이상의 경공을 펼칠 수 있다는 이야기였다.

물론 이건 절대적인 기준은 아니다. 경공의 종류에 따라 그 속도와 효율은 천차만별이고 개개인의 내공 수위로 인해 지속적으로 펼칠 수 있는 시간도 다르기 때문이다.

강산은 전성기 때의 무공 수위를 회복하지는 않았다. 그래도 그의 경공은 절대고수의 그것이다. 어지간한 곳은 뛰어가는 것이 훨씬 빠르다.

하지만 이곳은 무림이 아니었다. 자동차와 비행기가 날아다니는 현대에서 쓸데없이 힘을 뺄 필요도 없었다.

그래서 강산은 운전면허를 따기로 했다.

1종 보통 수동에 응시하고 오늘은 기능시험을 보러 온 참이었다. 차에 올라타 좌석을 조절하자 음성 안내가 시험시작을 알려왔다.

—이제부터 시험을 시작하겠습니다. 10초 내에 엔진 시동을 거세요.

시험은 음성안내에 따라 차례로 진행되었다. 시동을 걸고 기어 변속을 몇 차례 한 후에 전조등과 방향지시등을 작동했다. 마지막으로 와이퍼를 움직이자 본격적으로 시험이 시작되었다.

면허 시험은 전자채점 시스템으로 진행되었다. 기계가 오작동을 하지 않는 이상, 사람이 하는 것보다 공정하게 진행되었다.

—10초 내에 주차브레이크를 풀고 출발하세요.

주차브레이크를 풀었다. 클러치와 브레이크를 밟고 기어를 1단에 넣은 후에 천천히 출발을 했다.

삑삑삑삑.

그런데 곧바로 부저가 울렸다.

―안전벨트 미착용으로 불합격입니다. 시동을 끄고 주차 브레이크를 건 후 내려주세요.

"……."

"푸하하! 야, 어떻게 그런 실수를 하냐. 안전벨트를 안 매다니."

함께 시험을 보러 온 문대식이 배를 부여잡고 웃음을 터트렸다. 민수도 웃음을 참는 기색이 역력했다.

"끄응."

입이 열 개라도 할 말이 없었다. 이런 초보적인 실수를 할 줄이야.

"야, 문대식. 처음 하면 그럴 수도 있지. 너도 떨어져 놓고선 말이 많아."

하윤의 질책에도 대식은 아랑곳하지 않았다.

"난 그래도 과속이었지. 출발도 못해보진 않았다고."

면허 시험의 간소화로 기능시험은 50m 주행만 하면 되는 일이었다. 거기서 문대식은 냅다 액셀을 밟고 달려 떨어지고 말았다.

"차라리 너보단 강산이가 나아."

"뭐?"

"넌 과속으로 사고 낼 거나 다름없잖아."

하윤의 말에 민수도 고개를 끄덕였다.

"헐. 그건 비약이 너무 심한 거 아니냐? 겨우 시험 떨어졌다고 사고 낸 거라니."

"지가 한 말은 생각도 안 해요."

"김민수, 너."

"사실 나도 의외긴 했어. 시험이라면 뭐든지 잘할 줄 알았는데. 산이도 시험에 떨어지는 경우가 있었구나."

민수는 잽싸게 말을 돌렸다. 더 건드려 봤자 좋을 게 없었다.

"하긴. 실수긴 해도 떨어질 줄은 나도 예상 못했다."

대식이 입맛을 다시며 강산의 눈치를 살폈다. 생각해 보니 지금까지 한 번도 시합에서 지거나 시험을 망친 적도 없는 친구다. 어쩌면 오늘 일이 굉장히 기분 나쁠 수도 있는 일이었다.

강산은 기분 나쁘지는 않았다. 단지 기능 시험이 워낙에 쉬워져서 쉽게 붙을 거라 생각하고 만만하게 여겼던 것을 반성할 뿐이었다.

'긴장감이 사라졌어.'

너무 편하게 살아서 그런지는 몰라도 정신이 많이 풀어져 있었다. 중원과는 달리 목숨을 위협하는 적도 존재하지 않기 때문이었다.

사실 별로 문제될 것은 없었다. 지금의 평화로운 삶은 그가 꿈꿔왔던 것이기도 했으니까.

그래도 너무 풀어져 있는 것은 좋지 않았다. 아무리 그가 무공의 힘을 가지고 있어도 마음을 완전히 풀어놨다가는 돌발적인 상황에 대한 대처 능력이 떨어질 수도 있었다.

"야, 강산. 괜찮냐?"

한참을 말없이 뭔가를 생각하고 있는 모습이 걱정이 됐나 보다. 투박한 대식의 얼굴이 눈앞에서 걱정스런 눈빛을 한다.

피식 웃은 강산은 하윤의 손을 잡고 일어섰다.

"밥이나 먹으러 가자."

"네가 쏘는 거냐?"

아버지를 닮아서인지 공짜라면 양잿물도 마실 거 같은 대식이 눈을 빛냈다.

"그래, 내가 산다, 사. 가자."

이제 각자 대학을 가게 되면 자주 보기도 힘들게 될 것이었다. 강산은 어렸을 때부터 함께 지낸 친구들과 그전까지는 최대한 함께 시간을 보내고 싶었다.

*   *   *

강산은 체육교육과 OT 참석을 하기 위해 신하윤과 함께 학교를 찾았다.

총 1박 2일간의 OT는 첫날 오전 중에 학과 소개와 교수, 선배들이 소개되었고 오후에는 체육교육과답게 이어달리기, 실내축구, 농구 등의 친목 경기로 단합을 도모했다.

강산은 처음으로 단체 경기를 해보았다. 축구경기에 참여한 것이었다.

삐익―

공이 울리고 정신없이 오가던 축구공이 강산의 앞으로 굴러왔다.

"강산 파이팅!"

학생들 중에도 강산을 아는 사람이 꽤 되었다. 그들의 응원이 실내체육관에 가득 울렸다.

"흠."

친목 경기라지만 지는 것이 싫은 강산이다. 드리블을 해본 것은 오늘이 처음이지만, 각종 무기도 제 몸처럼 다룰 수 있는 그에게 공 하나쯤이야.

달려오는 수비수의 가랑이 사이로 공을 툭 지르고 수비수를 피해 빠르게 치고 나갔다. 어느새 다시 그의 발에 축구공이 닿았다.

"막아!"

선배의 외침에 고등학교 때까지 축구선수로 뛰었던 신입생이 달려오며 태클을 시도했다.

정확히 공을 향해 뻗어오는 발끝, 강산은 그대로 몸을 띄워 신입생의 머리 위를 스치고 지나갔다.

이번에는 두 명의 수비수가 강산을 압박해 왔다. 강산이 공을 두 명의 머리 위로 넘기고 냅다 달렸다. 수비수가 그의 옷을 잡기도 전에 이미 두 사람을 스치고 지나갔다.

지켜보던 학생들이 벌떡 일어났다.

화려한 기술이 없어도 뛰어난 스피드 하나만으로 수비수들을 바보로 만든다. 그 모습이 오히려 더 멋지게 보였다.

강산이 공을 강하게 찼다. 빨랫줄처럼 일직선으로 날아간 공이 골대 구석으로 파고들었다.

출렁!

와아—

학생들의 환호를 들으며 강산이 밝게 웃었다.

'나름대로 재밌네.'

병장기는 아니지만, 동그란 공을 발만으로 다루는 재미가 쏠쏠했다. 그리고 사람들의 열광적인 반응도 좋았다.

"강산아!"

"진짜 대단하다!"

같은 팀원들이 달려와 강산을 감쌌다.

강산이 경기를 뛰는 모습을 보며 이찬주 교수는 고뇌에 빠졌다.

'축구도 잘한단 말이지?'

그가 복싱을 했다는 것은 알고 있다. 최근 들어 복싱에 대한 관심이 다시 높아지고 있다지만, 다른 인기 종목에 비한다면 아직은 부족했다.

'좀 더 지켜봐야겠어.'

발이 빠르니 육상종목은 뭐든 잘 할 거 같았다. 마음 같아서야 모든 경기에 욕심을 부려보겠지만, 한 사람이 할 수 있는 종목에는 한계가 있다고 생각하는 그였다.

강산이 과거 올림픽 메달을 최대한 따내려 했다는 것을 그는 알지 못했다.

OT는 순조롭게 진행이 되었다. 저녁을 먹고 난 이후에는 서로 간의 어색함을 줄이기 위한 여러 가지 조별 게임도 준비되어 있었다.

"하윤아."

하윤이 강산의 손을 꽉 붙잡고 있었다. 벽에 붙어 있는 게임 때문이다.

입에서 입으로와 빼빼로 먹기.

두 가지 게임이 그녀의 기분을 나쁘게 하고 있었다.

"입술 조심해."

하윤이 신경을 곤두세우는 것도 다 이유가 있었다. 여학생들이 강산을 보는 눈초리가 심상치 않았기 때문이다.

이미 2년 전에 아마복싱 대회에서 우승을 하며 각종 매스컴에 얼굴이 알려진 그였다. 처음에는 반신반의하던 학생들도 오후의 체육경기 이후로 재차 인터넷으로 확인하고 확신

했다. 동명이인이 아닌 그 강산이 분명하다고.

더구나 옆에 그림처럼 함께 다니는 신하윤의 존재는 그 확신에 힘을 실어주었다.

"강산이랑 하윤이지?"

게임 진행을 맡은 2학년 선배가 두 사람에게 다가왔다.

"네."

"이거 미안해서 어쩌지? 둘이 사귀는 건 아는데, 조별 게임의 목적이 모르는 사람과의 친분을 다지는 거거든. 그래서 각자 다른 조로 해야 할 거 같은데."

미안하다고 하면서도 전혀 미안한 기색은 아니었다. 오히려 재밌어하는 얼굴로 능청스런 미소까지 짓고 있었다.

잘 어울리는 커플인 것은 인정한다.

'하지만 용서할 수는 없지.'

서울대를 들어오기 위해 3년간 연애조차 해보지 못하고 공부만 한 학생이 많았다. 그 많은 학생의 원성과 질투를 무시할 수는 없는 일이었다.

캠퍼스 커플?

연애는 대학가서 해도 늦지 않는다는 부모님과 선생님의 말씀은 사기였다. 이놈의 서울대는 연애하면서 공부할 만큼 만만한 곳이 아니었다.

그중에도 분명 커플이 되는 학생은 있었다. 하지만 오늘 진행을 맡은 2학년은 아니었다.

하윤의 발이 순간적으로 꿈틀거렸다.

'이걸 그냥 확.'

여기가 학교가 아니었고 이미지 관리를 해야 하지 않았다면 정강이를 차버렸을 일이다.

하지만 그렇다고 해서 방법이 없는 건 아니었다. 하윤이 눈을 크게 뜨며 두 손을 맞잡고 말했다.

"선배님. 그냥 같은 조 하면 안돼요?"

폭력이 전부는 아니다. 부창부수라고 하윤도 자신의 외모를 무기로 사용할 줄 알았다.

"어?"

2학년의 얼굴이 붉게 변했다.

강산도 가끔 하윤의 저런 모습을 보면 두 손을 드는 판국에, 처음 보는 사람은 오죽할까.

"선배니임~"

하윤이 저럴 때가 가장 위험했다. 저렇게까지 했는데도 말을 들어주지 않으면 그 다음은…….

"안 돼. 그건, 그, 그 형평성에 어긋나는 일이야."

당황했는지 이런 일에 형평성까지 들먹인다. 아니, 커플을 갈라놓는 것이 어째서 공평하다는 건가?

하지만 2학년의 의도는 무너질 수밖에 없었다.

"선배님……."

하윤의 눈에 눈물이 글썽이기 시작한 것!

여자의 눈물은 무기라고 한다. 특히 하윤과 같은 미인의 눈물은 핵폭탄급이다.

역시나 2학년이 눈에 띠게 당황했다. 주변 학생들의 시선도 곱지 않았다.

"선배님. 그냥 같은 조 하라고 해요. 무슨 조선시대도 아니고."

"그래. 그냥 냅둬."

남자 선후배들이 의견 일치를 보인다. 여학생들도 다가와 하윤을 토닥였다.

'어라, 이게 아닌데.'

커플은 깨지라고 있는 거다. 그리고 깨져야 다른 이들에게도 기회가 간다. 그리 생각을 하고 자신이 총대를 멘 것인데, 졸지에 나쁜 선배로 몰리게 생겼다.

무엇보다도 하윤이 눈물을 글썽이자 그의 마음도 좋지 않았다.

"그, 그래. 알았다, 알았어."

결국 강산과 하윤은 같은 조가 되었다. 그러자 언제 눈물을 보였냐는 듯이 강산의 곁에서 미소를 지었다.

"귀여운 녀석."

별 생각 없이 하윤의 머리를 쓰다듬었는데, 하윤이 입술을 삐죽였다.

"산아. 나 동생 아니거든?"

처음 만남부터 지금에 이르기까지, 강산이 그녀를 대하는 태도는 연인 보다는 동생에 가까웠다. 그것이 하윤에게는 불만이었고 불안이었다.

지금까지 제대로 뽀뽀 한 번 한 적이 없었다. 유일한 뽀뽀는 챔피언전에서 그녀의 이마에 해준 것이 전부였다.

자신을 이성으로 보지 않는 걸까?

항상 함께 다녔고, 누구보다 가까운 사이로 여긴다는 것은 안다. 그러나 그건 연인 보다는 가족을 대하는 느낌이었다. 오죽하면 자신에게 여자로서의 매력이 없나, 심각하게 고민할 정도였다.

강산은 부드러운 미소로 뚱한 표정의 그녀를 바라보다가 손을 뻗었다.

"……!"

강하게 끌어당겨 품에 안았다. 그리고 그녀의 귓가에 작게 속삭여줬다.

"동생이라고 생각한 적 없어."

하윤의 목덜미가 붉게 물들었다.

강산이 나름대로 하윤에게 신경을 썼지만, 결국 사고가 났다.

입에서 입으로를 하는 와중에 한 여학생의 입에서 종이가 떨어져 나갔고, 그대로 여학생의 입술과 강산의 입술이 부딪혀 버린 것이었다.

"우와아!'

학생들이 비명을 지르고 휘파람을 불어재꼈다. 바로 다음 차례였던 하윤의 인상은 무섭게 일그러졌고.

강산은 당황스러웠다. 종이가 떨어지는 순간, 그는 분명히 몸을 피하려고 했다. 그런데 오히려 여자애가 득달같이 달려드는 바람에 입술을 부딪치고 말았다.

하윤의 뜨거운 눈길이 등 뒤에서 느껴졌다. 그녀의 분노가 뒤통수를 콕콕 찔렀다.

자신과 입술을 부딪친 여학생이 얼굴이 붉어진 와중에도 허겁지겁 종이를 주워 다시 입에 올렸다. 그리고 재차 다가선다.

그런데 그 눈빛이 야릇하다. 아니나 다를까? 종이에 입술이 닿으려는 찰나, 그녀가 일부러 종이를 불어냈다. 하지만 이번에는 강산도 준비하고 있었다.

강산은 재빨리 숨을 들이켰다. 바람에 날아가려던 종이가 그의 강력한 호흡에 입술에 착 달라붙는다.

여학생의 표정이 묘해졌다. 눈동자에는 아쉬움이 가득 담겨 있었다.

'쯧. 아쉬워하지 말라고. 나보다는 널 걱정해서 하는 거니까.'

그에게 적극적으로 구애하는 여학생이 없지는 않았다.

그중에는 눈앞의 여학생처럼 괜찮은 스타일의 학생도 있었다.

하지만 그걸 받아줄 수는 없었다. 자신의 마음도 마음이지만, 하윤이 가만히 있지 않았기 때문이다.

강산이 몸을 돌리자 도끼눈을 치뜨고 있는 하윤이 보였다. 그런데 그건 강산을 보는 것이 아니었다.

너 딱 찍혔어.

마안이 살짝 감도는 무시무시한 눈으로 강산의 뒤에 있는 여학생을 노려보고 있었다.

강산은 재빨리 입술을 내밀어 종이를 하윤의 입술로 넘겼다. 종이를 가운데 두고 있었지만, 입술이 닿자마자 그녀의 눈이 평상시로 돌아왔다.

'윽!'

하지만 강산의 옆구리를 꼬집는 그녀의 손은 매섭기만 했다. 어쩐지 강산 어머니의 기술이 전수된 느낌이다.

"자, 다음은 빼빼로 게임인데요. 이거 참, 승자는 이미 가려진 거 같습니다. 강산과 신하윤 학우가 커플이니까요. 어떻게 할까요? 이대로 2조의 승리로 할까요?"

진행자의 말에 학생들이 야유를 보냈다. 그러더니 다른 조의 학생들이 자발적으로 일어나 승부욕을 불태웠다.

"야! 너희 둘은 남자잖아!"

그중에 남자 두 명을 발견한 진행자가 소리를 빽 질렀다.

"저희가 희생하여 5조에 승리의 영광을 돌리겠습니다!"

"푸하하!"

"최고다!"

웃고, 소리 지르고, 학생들의 소란 속에서 게임은 속행되었다.

"강산, 신하윤. 학교의 미풍양속을 저해하는 일은 없기를 바란다. 오케이?"

으름장을 놓는 진행자를 보자니 기가 막혔다.

남남보다 남녀가 더 거슬리는 거냐?

어쨌든 강산은 빼빼로를 들고 하윤을 보았다.

아직도 분이 안 풀린 모양이다. 그녀가 2조의 중간쯤에 앉아있는, 강산과 입술 박치기를 한 여학생을 힐끗거리며 노려본다.

'하긴. 내가 너무 표현을 안 하긴 했지.'

"자, 그럼 준비!"

진행자의 말에 강산과 하윤도 입에 빼빼로를 물었다.

"시작!"

아사삭!

"홉!"

강산이 빼빼로를 흡입하며 그대로 하윤의 입술을 찐하게 덮쳤다.

두 사람의 첫키스였다.

한지겸.

정치외교학부 3학년이자 서울대에서 가장 인기가 많은 남학생이었다.

키도 크고 서글서글한 인상에 매너도 좋았다. 각종 운동에도 능하고 입학 이후 학부 수석을 한 번도 놓치지 않은 뛰어난 학생이었다. 게다가 외교부 장관이 아버지였다.

그러나 그에게는 남들이 모르는 비밀이 하나 있었다.

광음소자 직염.

진천을 위해 수많은 무림인의 앞을 가로막은 사람이 바로 그였다.

"하아."

지겸은 보고 있던 전공서적을 덮고 자리에서 일어났다.

도무지 집중할 수가 없었다. 그의 감각을 끊임없이 간지럽히는 기운 때문이다.

'진천.'

중원에서의 마지막 날이 떠올랐다. 모 게임의 저글링 러시보다 심장을 뛰게 만들었던 고수(高手) 러시.

한 손이 열 손을 막지 못한다고 한다. 그러나 그는 근접해서 싸우는 고수가 아니었다. 그가 사용하는 무공은 광음진경이라는 음공이었다.

무공의 특성 덕분에 수많은 고수를 상대로 대등하게 싸울 수 있었다. 하지만 점차 뛰어난 고수들이 들이닥치면서 그도 무사할 수는 없었다.

진천과 유설이 숨어 있는 지하 동굴에 도착했을 때, 그의 몸은 피로 물들어 있었다. 복부에는 자루가 잘려나간 거대한 언월도가 틀어박혀 움직일 때마다 붉은 피를 쏟아냈다.

곧 죽어도 이상하지 않을 엄중한 상처를 입고도 동굴까지 온 것은 죽기 전에 친우들을 한 번이라도 더 보고 싶었기 때문이었다.

동굴에 도착하고 그가 본 것은 평안하게 눈을 감은 진천과 그 위를 덮고 있는 유설이었다.

직염은 절룩거리며 진천과 유설의 곁으로 다가갔다. 유설의 무릎을 베고 누운 진천과 그의 몸을 덮은 유설이 보였다.

"어이, 진천. 무릎 베고 있으니까 좋냐?"

들려오는 대답은 없었다. 직염은 신음을 흘리며 두 친우의 곁에 앉았다.

"대답해 보라고. 천하에서 제일 미련한 친구야."

피를 많이 흘린 까닭에 눈앞이 가물거린다. 친우의 표정을 당최 모르겠다. 웃고 있는지, 인상을 쓰고 있는지.

직염은 손을 뻗어 더듬더듬 친우의 얼굴을 만졌다.

"크큭, 웃고 있구나, 웃고 있어. 그래도 마지막은 웃으면서 갔구나."

탁, 탁. 진천의 이마를 두드린 그의 시선이 유설에게로 향했다. 생기를 잃은 그녀는 내공으로 유지하던 주안술이 풀리면서 노인의 모습으로 변해있었다.

"아아, 감사하외다, 무림 동도 여러분. 댁들 덕분에 내 눈이 침침하여 천하삼미 유설의 늙은 모습을 보지 않아도 되게 되었구려."

기쁜 걸까, 슬픈 걸까.

그는 웃는 건지, 우는 건지 모를 기이한 소리를 내며 어깨를 들썩였다.

"지겹구나. 저승길에서 또 만나겠어."

처연한 표정을 짓는 직염의 몸이 그대로 두 친우의 몸을 감싸안았다.

"강 건너지 말고 기다려라. 나도 곧 간다."

직염이 천천히 눈을 감았다.

그의 숨소리가 잦아들며 동굴 안에 정적이 내려앉을 무렵, 구천귀혼대회진이 다시 한 번 빛을 발했다.

직염의 피를 머금고서.

"친구 따라 강남 간다더니, 딱 그 꼴이네."

저승도 가려고 했는데 강남 정도야.

진천은 어떤 모습일까.

한지겸은 즐거운 표정으로 가방을 싸서 도서관을 나섰다.

구천귀혼대회진에 대해서는 그도 잘 알고 있었다. 유설과 함께 진법을 분석한 것이 그였기 때문이다. 그렇기에 이 세상에 태어나서도 크게 당황하지 않았었다. 그저 신기하게 여겼을 뿐.

어쨌든 그가 진천의 존재를 느끼게 된 것은 별거 아니었다.

그의 무공은 정도의 무공이었다. 불가의 무공에 그 뿌리를 두었기에 정도의 다른 고수보다 조금 더 마기에 민감했다.

더구나 지겸이 있던 중앙도서관과 체육교육과가 있는 사범대학의 거리는 가까웠다. 그렇기에 이리 쉽게 느낄 수 있었던 것이다.

'사범대?'

진천의 느낌을 그대로 닮은 마기가 사범대학 안에서 느껴지고 있었다. 그게 이해가 가지 않았다.

'진천이 교육을 한다라. 에이, 설마.'

그의 성격으로 누군가를 가르치는 일은 전혀 어울리지 않았다. 그가 선생 노릇을 한다면 제 성질에 못 이겨 학교를 들어엎을 일이었다.

어쨌거나 안에서 마기가 느껴지긴 하니 확인은 해야 했다.

'아, 맞다. 오늘 체육교육과 OT였지? 뭐야. 그럼 운동이라도 하는 건가?'

그렇다면 어느 정도 가능성이 있었다. 몸을 움직이는 것을 좋아하는 그에게 운동선수는 나름대로 매력적인 직업일 테니까.

한지겸이 진천, 그러니까 강산을 발견한 것은 막 빼빼로 게임이 시작할 때였다.

"우아아!"

"야! 떨어져!"

"멋지다!"

사람들의 야유와 비난, 격려가 뒤섞였다. 그럼에도 불구하고 두 사람은 떨어지지 않았다. 오히려 하윤은 강산을 감싼 손에 더욱 힘을 주었다.

이윽고 두 사람이 떨어졌다.

"큼, 선배님. 저희가 이긴 거 같은데요?"

강산이 어색한 헛기침을 터트리며 선배를 찾았다. 진행을 맡은 선배의 얼굴이 웃는 것도 아니고 화내는 것도 아닌, 애매한 표정을 짓고 있었다.

"우, 웃기지마!"

갑작스런 외침에 모두의 시선이 돌아갔다. 거기에는 한 몸 희생하겠다던 남남 커플이 보였다.

씩씩거리며 이의를 제기하는 학생과 얼굴을 새빨갛게—하윤이 보다 더 빨갛다—붉히고 고개를 숙인 학생이 있었다. 그들도 빼빼로를 다 먹은 것이었다.

"선배님. 우리도 다 먹었습니다!"

당당하게 외치는 학생의 말에 장내 분위기가 싸늘하게 가라앉았다.

"미친 거 아냐?"

"설마 커밍아웃?"

"에이, 아니겠지."

"아냐. 옆에 봐. 완전 부끄러워하는데?"

고개를 숙이고 있던 학생이 조용히 조별 자리가 아닌, 밖으로 나갔다. 그 뒤를 남은 학생이 당황한 기색으로 쫓아갔다.

졸지에 이성커플 하나와 동성커플 하나가 공인되어 버린 체육교육과 OT였다.

모든 것을 지켜보던 한지겸이 한숨을 내쉬었다.

입을 맞춘 여자가 유설일 수도 있었다. 그러나 아무리 비슷하게 봐주려고 해도 그녀의 느낌이 전혀 없었다.

"이거 참, 아무리 봐도 유설은 아닌데. 저걸 어찌해야 하냐."

중원에서도 유설이 불쌍하다는 생각은 들지 않았었다. 적어도 진천은 다른 여자에게는 눈길도 주지 않았었기 때문이었다.

하지만 지금은 달랐다. 진천의 곁에 다른 여자가 있었다.

"어쩔까나."

한지겸이 입맛을 다시며 몸을 돌렸다.

*   *   *

OT가 끝나고 개강을 했다. 강산은 한동안 별다른 일 없이 학교를 다녔다.

대학 생활은 부모님의 뜻도 있었지만, 그도 한번쯤 다녀보고 싶었다. 그래서 학교에 대한 이런저런 것들을 알아보며 나름대로 알차게 보내고 있었다.

그러던 중에 강산의 앞에 그가 나타났다.

"직염이라고?"

네가? 말도 안 돼!

강산의 눈빛이 강력하게 말하고 있었다. 절대 직염일 리가 없다고 말이다.

"음. 내가 좀 잘생기긴 했지. 그래도 그 노골적인 불신의 빛은 좀 치워줄래?"

직염은 쉽게 말하자면 난쟁이 똥자루였다. 투실투실한 볼살에 인격만은 천하제일이라 말하는 남산만 한 뱃살까지. 뱃살이 인격이라는 이야기가 믿어질 정도로 좋은 성격임은 분명했지만, 어쨌든 외모는 그랬었다.

그런데 지금 한지겸이란 인물은 그와는 정반대였다. 환생이니 그렇다 쳐도, 강산에게 그 괴리감은 상당한 수준이었다.

"대체 어떻게 된 거야? 너까지 환생을 하다니."

한지겸은 당시의 상황을 이야기해 주었다.

"그게 피만으로도 가능한 거였나?"

강산의 의문은 당연했다.

구천귀혼대회진은 진법과 피만으로 발동되는 것은 아니었다. 유설이 읊조렸던 기이한 운율의 노래가 일종의 주문처럼 작용해야만 했다.

"아무래도 그 기운이 남아 있었나봐. 그게 워낙 미약해서 지금 같은 상황이 벌어지지 않았을까?"

한지겸이 말하는 것은 비서(秘書)의 내용과는 다르게 두 사람이 마주했을 때 서로를 못 알아봤다는 사실이었다.

강산 또한 그 부분이 이상하긴 했었다. 서로 마주치는 것만으로 알아봐야 했고 그럼으로써 진법의 힘이 끊기는 느낌이 드는 것이 정상인데, 두 사람 사이에는 아무 느낌도 없었다.

만약 지겸이 마기에 민감하지 않았다면 두 사람은 평생 모르고 지나쳤을지도 모른다.

"그나저나 너무하네. 내가 반갑지도 않냐?"

서운함이 가득담긴 그의 목소리에 강산은 그제야 웃으며 가벼운 포옹을 했다.

'어라?'

공개적인 장소에서 여자에게 키스까지 하더니, 포옹까지 하는 그의 모습이 놀랍기만 하다.

"고생했다."

한지겸의 몸이 딱딱하게 굳었다. 진천이라면 하지 않을 행동과 말이었다.

"어이, 너 진천 맞아?"

"아니."

"응? 아니라고?"

"유설에게도 말했다. 중원에서의 삶은 그곳에서 끝난 거야. 지금의 난 강산이고 너도 한지겸이란 사람일 뿐이야."

"그게 무슨, 아니. 그보다 유설을 만났다고?"

"그래."

"설마 OT 때 그 여자냐?"

자신이 잘못 판단했을 수도 있었다. 그랬기에 물었건만, 돌아오는 대답은 '아니다' 였다.

"진천. 다시 한 번 생각해 봐라. 몸은 바뀌었어도 혼백은 그대로인거 아니냐? 더구나 우린 중원에서 함께했던 사이다. 옷깃만 스쳐도 인연이라는데, 이건 아니지."

강산이 고개를 저었다.

"여러모로 고맙긴 해. 내 자아를 유지하며 새로운 삶의 기회를 준 것은. 하지만 말이야. 그게 내 뜻은 아니었잖아."

"뭐?"

"네 말대로 난 독행마 진천이다. 천하제일 고수이며 고금 제일을 논할 때도 회자되는 사람이 나였다. 그런 내가 그리 쉽게 노환으로 죽을 거라 생각한 거냐?"

강산의 눈빛이 낮게 가라앉았다.

그랬다. 그는 지쳐 있었다. 천하제일에 오르면 갑갑한 마음의 번뇌가 사라질 줄 알았는데, 전혀 그러지 못했기 때문이었다.

정상에서 내려다 본 무림은 한심하기만 했다. 은원에 얽혀 서로의 살을 탐하는 악귀가 가득한 세상이었다.

그들은 끊임없이 진천에게 잘 보이려 들면서도 호시탐탐 죽일 기회만 노렸다. 앞에서 웃으며 대화를 하다가도 여차하면 비수를 꽂으려는 그들의 행태에 질렸다.

그리고 무엇보다도.

"내가 너희 두 사람에 대해 몰랐다고 생각한 건 아니겠지?"

한지겸의 안색이 딱딱하게 굳었다.

유설과 직염은 진천을 감시하기 위해 보내진 자들이었다. 유설은 마교의 인물이었고 직염은 소림의 알려지지 않은 속가제자였다.

진천이 처음부터 알았던 것은 아니었다. 유설을 인으려다 가 참았던 날, 그는 중원 제일의 정보단체인 흑월곡을 찾아

나섰다.

두 사람이 점차 진천의 마음에 들어오면서, 스스로 그들을 내칠 수 없게 되었다. 그에 비겁하게도 그들의 과거를 꼬투리 삼아 쫓아 보낼 생각이었다.

하지만 아니었다. 그건 그들에 대한 신뢰를 더욱 공고히 하고 싶었던 바람에서 나온 행동이었다.

그렇게 몇 날 며칠을 흑월곡을 찾아 헤맸었다. 그리고 겨우 찾은 곳에서 두 사람의 진실한 정체를 알게 된 진천은 흑월곡의 사람들을 모조리 산 아래 묻어버렸다.

살인멸구.

흑월곡에 자신이 왔었다는 사실을 지우기 위해 기르는 개 한 마리 남기지 않고 산 하나를 완전히 뭉개 버렸다.

왜 그랬을까. 굳이 흑월곡의 씨를 말릴 필요는 없었는데, 왜 자신의 흔적을 지웠을까.

고민하며 친우들이 있는 곳으로 돌아왔다.

그리고 검을 뽑으려 했다.

죽여도 된다. 이들은 진심으로 다가온 자들이 아니다.

다녀오셨어요.

그런데 초췌해진 유설이 맨발로 뛰쳐나와 건넨 그 한마디가 진천의 검을 옭아맸다.

모든 것이 가식이라고 생각했으나, 죽일 수가 없었다. 그의 가슴이, 마음이… 유설과 직염은 진심이었다고 말하고 있었다.

흑월곡을 지운 것은 그 마음에 기인한 것이었음을 그제야 깨달을 수 있었다.

"새 술은 새 부대에 담아야 한다더라. 썩어빠진 과거의 자루에 술을 담으면 같이 썩어버릴 뿐이야."

세상에 단 둘밖에 없는 친우였다. 나중에는 그들이 진심으로 그를 대했다지만, 과거는 쉽게 지울 수 있는 것이 아니었다.

그것이 천하제일에 오른 그의 마음에 상처로 남았었다. 그래서 애써 중원에서의 인연을 정리하고자 하는 것이었다.

"진천."

"강산이다."

진천이길 바란다면 검을 뽑을지도 몰라.

강산의 눈이 그렇게 말하고 있었다.

한지겸이 긴 한숨을 뿜어냈다.

유설은 진천을 진심으로 사랑하게 되었다. 자신 또한 진천을 둘도 없는 친우로 여기게 되었다.

그리고 그는… 유설을 마음에 품게 되었었다.

사람의 마음이 그런 것이다. 마으러 해도 막을 수 없는 바다의 해류처럼 어찌 흐르고 어찌 커질지 모르는 것이 마음이었다.

이해타산을 넘어 순수한 무인이었던 진천을 진심으로 위하게 된 것도, 헌신적이며 순종적인 모습의 유설을 사랑하게 된 것도 한낱 인간이 거스를 수 없는 큰 흐름이었다.

"강산."

그렇다고 해서 정말 모든 것을 없었던 것처럼 지우지는 못한다.

"무슨 뜻인지 알겠다. 네 뜻대로 할게."

하지만 그 위에 더 진한 색으로 덧칠을 할 수는 있었다.

한지겸은 자리에서 일어나 손을 내밀었다.

"정식으로 소개하지. 난 정치외교학부 3학년 한지겸이야."

강산은 잠시 그를 쳐다보다가 손을 맞잡았다.

"너 스무 살이지?"

고개를 끄덕이는 강산을 향해 진한 웃음을 보여주었다.

"내가 형이다."

덧칠은 이제부터 시작이었다.

*　　　*　　　*

서울대 정문으로 하얀 스포츠카 한 대가 진입했다. 차는 천천히 사범대학의 주차장으로 향하고 있었다.

대학생들의 시선이 차로 향했다.

람보르기니 우라칸. 평소 보기 힘든 슈퍼카가 교정을 가로지르자 관심이 쏠리는 것은 당연했다.

이내 사범대학의 주차장에 도착하고 문이 열렸다.

곧게 뻗은 다리가 차 밖으로 나왔다. 하얀 투피스 정장 상의 사이로 심플하면서도 세련된 물방울 펜던트 목걸이가 햇빛에 반짝였다.

흠잡을 곳 없는, 도시의 여신과도 같은 분위기의 여인은 이서경이었다.

그녀는 고개를 들어 사범대학 건물을 바라보다가 걸음을 옮겼다. 주변의 학생들이 힐끔힐끔 그녀를 바라보았다.

"설마 교수는 아니겠지?"

"교수면 난 전과한다."

남학생들의 가슴을 설레게 한 이서경은 체육교육과 학과장실로 향했다.

이찬주 교수의 만면에 웃음이 가득했다.

"학생들이 깜짝 놀라겠어요. 화이트 프로모션의 이서경 씨가 우리 대학원생이 되다니."

"그저 대학원생일 뿐입니다. 말씀 편하게 해주세요, 학과장님."

그녀의 예의바른 모습에 이찬주가 너털웃음을 터뜨렸다.

"이거 참. 그래도 될까?"

이서경은 서울대 체육교육 대학원 글로벌 스포츠 매니지먼트 과정을 듣기 위해 입학했다. 물론 강산이 이 학교 학생이란 것이 보다 중요한 이유였고 말이다.

두 사람은 한동안 소소한 이야기들로 담소를 나누었다.

"우리 대학은 공부벌레만 있다고들 하지. 솔직히 그게 사실이기도 하고 말이야. 하지만 올해부터는 다를 거 같아. 자네도 왔고, 기대되는 학생도 들어왔거든."

올해는 다를 거다, 그건 화이트 프로모션의 지원을 염두에 두고 하는 말이었다.

서울대는 체육 계열의 지원이 크지 않았다. 대부분 학업을 장려하는 분위기 탓이었다. 그러다보니 악순환이 반복되어 체육계 지원은 점점 더 줄기만 해왔다.

그러나 이서경이 왔다면 이야기가 달라진다. 화이트 프로모션의 이사이니만큼 기업의 후원을 바랄 수 있게 되었다. 그건 금전적인 부분만 말하는 것은 아니었다.

그들은 대학보다는 프로다. 선수들의 훈련도 제대로 지원해줄 전문가들이 있는 곳이었다.

이서경은 가벼운 미소를 지었다. 그 정도는 그녀도 생각하고 있었다.

"기대되는 학생이라면 강산 학생 말이군요."

"역시 알고 있었군."

"그럼요. 처음 개최한 복싱 대회에서 일종의 종합 우승을 한 사람이 그니까요."

"대단한 학생이야. 공부도 잘하고. 그런데 그런 학생이 한 명 더 있어."

"또 있다고요?"

"우리 학부생은 아니고, 정치외교학부의 학생인데. 솔직히 말해서 우리하고는 경쟁 관계라고 할 수 있지. 하지만 그건 좁게 봤을 때 이야기고."

대학이라는 커다란 울타리를 놓고 본다면 그 또한 본교 학생이었다.

이 두 학생과 화이트 프로모션의 후원을 받는다면 당장 올해가 아니더라도 몇 년 안에는 가시적인 성과를 낼 수 있다고 생각했다.

"그래서 말인데……."

서울대에서도 국가대표와 메달리스트를 배출하고 싶다는 이찬주 학과장의 꿈이 서서히 현실로 만들어지기 시작했다.

그리고 그 꿈은 자신의 명성을 위해서도 필요한 일이었기에, 그의 눈이 어느 때보다도 불타오르고 있었다.

'뭐, 산에게도 나쁜 일은 아니니까.'

강산에게 도움이 되는 한, 학과장의 욕심쯤은 귀엽게 봐줄 수 있었다.

*　　　*　　　*

강창석은 자신의 사무실에 앉아 한 인물에 대한 자료를 보고 있었다. 그 자료는 아들, 강산에 대한 것이었다.

'산아.'

강산이 전생에서 그리 많은 사고를 치고도 세상에 늦게 알려진 것은 그의 아버지 강창석 때문이었다.

강창석은 대외적으로는 한성실업의 사업본부장이지만, 그의 본래 직책은 국가정보원 요인정보 분석팀의 팀장이었다.

요인정보 분석팀은 국내의 유명 인사나 특정 범죄 집단의 수장 등에 대한 정보를 취합하여 국가에 미칠 영향을 판단하는 곳이었다.

그러한 일 중에는 어렸을 때부터 뛰어난 모습을 보이는 인물들에 대한 감시도 존재했다. 달리 불이익을 주기 위함이 아니라 국가의 인적 재산에 대한 단속의 일환이었다.

강창석은 일부러 두 아들을 영재학교 같은 곳에 보내지 않았었다. 최대한 눈에 띄지 않고 평범하게 살기를 바란 것이었다.

그러나 결국에는 그의 손에 보고서가 올라왔다.

신체능력, 지적능력, 사고능력 등 모든 부분에서 일반인의 범주를 상회한다는 내용과 함께 복싱 경기 영상까지도 첨부된 자료였다.

이 자료가 위에 보고가 되면 아들이 추구하는 평범한 인생은 힘들게 될 일이었다.

말 그대로 능력자다. 다방면에서 뛰어난 모습을 보이는 사람을 그냥 둘 리가 없었다. 분명 정부기관으로 영입하기 위해 움직일 것이었다.

'그렇게는 안 되지.'

국가를 위해 일을 한다는 자부심은 그에게도 존재했다.

하지만 이 길은 너무도 위험하고 험난한 길이었다. 그런 길을 아들이 걷게 둘 수는 없었다.

강창석은 아들의 자료를 삭제하기 위해 손을 움직였다. 마우스 커서가 삭제 버튼 위로 올라갔다. 이것이 알려지면 무사하지 못할 테지만, 그에게는 아들이 우선이었다.

그의 손가락에 힘이 들어갔다.

*　　　*　　　*

강의가 끝난 강산이 가방을 싸고 있는데 학생들 사이에서 소란이 일었다.

"누구지?"

"연예인 아냐?"

강산은 누가 떠들거나 말거나 가방을 들고 자리에서 일어섰다. 그런데 그의 앞을 가로막는 사람이 있었다.

"오랜만이에요, 강산 씨."

"이서경… 이사님?"

2년만에 보는 이서경은 전보다 더욱 아름다운 모습이었다.

굴곡지면서도 늘씬한 몸매는 황금비율이라 할 정도로 완벽에 가까웠다. 가볍게 화장한 얼굴은 곱다는 소리가 절로 나왔고 은은한 눈웃음은 남자의 애간장을 녹일법했다.

"잠깐 시간 될까요?"

강의실 학생들의 눈에 부러움이 가득했다.

이서경은 강산을 대학원에 있는 자신의 개인실로 데려갔다. 그녀의 사회적 지위 때문에 학과장이 배려해 준 것이었다.

"차 한 잔 하실래요? 망고차도 있는데."

가볍게 웃으며 고개를 끄덕여 주었다. 그녀는 곧바로 차를 타왔다.

"여긴 어쩐 일이세요? 사무실도 있으시고."

존칭으로 선을 긋는 강산의 행동에 그녀의 안색이 살짝 어두워졌다. 오랜만에 봤는데 반갑지도 않은지.

하지만 그가 무슨 생각으로 이러는지 이해하기에 빠르게 표정을 풀었다.

'이제부터 새롭게 시작하는 거야.'

쉽게 포기할 거 같았으면 애당초 그런 진법을 펼치지도 않왔다. 그의 뜻대로 과거는 잊고 현재의 인연을 만들어 나가면 되는 일이었다.

"올해부터 여기 대학원생으로 다녀요."

"대학원생이요?"

"네. 글로벌 스포츠 매니지먼트 전공입니다. 그리고 제가 천재복서 강산의 광팬이잖아요."

그녀가 환하게 웃었다.

해외 대학이 아닌 국내 대학을 오다니. 자신 때문인 것이 뻔해 보였지만, 딱히 아는 척하지는 않았다.

"그렇군요. 그런데 저한테는 무슨 일이시죠?"

"계속 운동을 하실 생각인가 해서요."

"그야 당연하죠."

부모님을 위한 대학입학이라는 목적은 달성했다. 이제 다시 대회도 알아보고 움직일 때였다.

가장 신경이 쓰이는 것은 역시 군대였다.

상명하복과 억압된 자유, 그리고 단체생활. 그가 가장 싫어하는 것들이 종합선물세트로 존재하는 곳이었다. 그런 곳을 갈 수는 없었다.

"그럼 올림픽이나 아시안게임 금메달이 목표시겠네요?"

"네."

"이왕 하시는 거 최다 금메달 획득기록을 세우시는 건 어때요?"

"최다 금메달?"

"과거 뮌헨 올림픽에서 마크 스피츠란 선수가 수영 7관왕에 올랐죠. 그 기록을 뛰어넘는 거예요. 강산 씨라면 가능할 거 같은데요."

같은데요가 아니라 가능한 것을 아니까 저리 말하는 거다. 손바닥으로 하늘을 가리는 행위를 하고 있는 셈이다.

"생각을 안 해본 것은 아닌데요. 좀 귀찮을 거 같은데 말이죠."

올림픽이나 아시안 게임에서 여러 종목을 나가는 것이 가능한지도 모르겠고, 그게 가능하다 해도 모든 종목에서 국가대표로 발탁되는 일이 말처럼 쉬울 거라고 생각하지는 않았다.

"제 전공이 글로벌 스포츠 매니지먼트라니까요."

"음?"

"서울대에서 운동하는 대학생들은 모두 제가 관리하기로 했어요. 화이트 프로모션에서도 도움을 줄 예정이고요. 저한테 맡기시면 그냥 경기 나가서 뛰기만 하시면 된단 소리죠."

이걸 뭐라 해야 할까. 그녀는 그녀의 길을 가고, 자신은 자신의 길을 가는 건 맞지만, 그 길은 서로 엮여져 있었다. 자신을 포기하지 않겠다는 이서경의 마음이 느껴졌다.

"정식으로 매니지먼트 계약을 맺자는 말씀이신가요?"

"네. 서울대 운동부 학생들과도 모두 맺을 생각이에요. 그

첫 번째로 제가 좋아하는 선수부터 찾아온 거고요."

전문가가 직접 관리해 준다면 따로 신경 쓸 일은 없을 테니 괜찮은 일이다. 그녀의 속마음이 어떻든 간에 계약 내용만 괜찮으면 계약해도 상관없어 보였다.

"생각 좀 해볼게요."

"네. 저도 오늘은 강산 씨하고 인사 정도만 할 생각이었어요. 자세한 사항은 다음에, 하윤 씨도 함께 오신 자리에서 이야기해요. 그녀도 계속 선수로 뛸 생각이 있다면 함께 계약했으면 좋겠거든요."

하윤이가 알면 어떤 반응을 보일지 조금 걱정이 되긴 했다. 하지만 굳이 편한 길 놔두고 돌아가기는 귀찮았다.

"네. 그럼 다음에 뵙죠."

강산이 자리에서 일어나자 이서경도 일어나 손을 내밀었다.

"좋은 결과 있으면 좋겠어요. 잘 부탁해요."

"알겠습니다."

가볍게 악수를 나누고 밖으로 나왔다.

한결 마음이 가벼웠다. 그녀의 행동과 태도는 확실히 달라져 있었다.

'그나저나 지겸이가 알면 어쩌려나.'

형이라 부르라는 녀석을 지긋이 밟아줬다. 그 덕에 그냥 친구 먹기로 한 두 사람이다.

우우웅

핸드폰이 요란하게 몸을 떨었다. 꺼내보니 하윤이었다.

"어, 하윤······."

─산! 너 어디야!

잔뜩 흥분한 목소리가 수화기 너머에서 들려왔다.

"지금 막 사범대에서 나왔는데. 왜 그래?"

─어떤 여자랑 나갔다며?

숨길 일도 아니었고 그녀와도 상의해 봐야 했기에 담담하게 말해주었다.

"응. 이서경 이사가 찾아왔더라고."

잠시 수화기 너머에 정적이 흘렀다.

─카페에서 만나.

카페에 머리를 한 갈래로 땋아 내린 하윤이 심각한 표정으로 앉아있었다.

'이서경이라니.'

자신을 이를 악물고 공부를 하게 만든 여자였다. 능력도 배경도 자신과는 비교도 안 되는 여자.

그동안 연락이 없었기에 조금은 마음을 놓고 지냈었는데, 갑자기 다시 나타나 그녀의 마음을 불안하게 만들고 있었다.

'어떻게 알고 찾아왔지?'

무엇보다 궁금한 건 학교까지, 그것도 강의실까지 찾아왔다는 사실이다.

'설마 나 몰래 연락하고 있었던 거야?

잠시 강산에 대한 의심이 피어올랐지만, 곧바로 고개를 저었다. 그랬다면 대부분의 시간을 함께 있었던 자신이 모를 수가 없었다.

그리고 연락하고 있었다면 자신에게 숨길 이유도 없는 강산이었다.

"어? 너 혹시 산이 여자 친구 아니니?"

하윤의 머리 위로 그림자가 드리워졌다. 고개를 돌려보니 서글서글한 인상의 남자가 보였다.

"누구세요?"

"아, 난 한지겸이라고 해. 강산이 친구지."

"친구?"

하윤의 눈이 게슴츠레해졌다. 강산의 친구라면 자신이 모를 리가 없었다. 그런데 눈앞의 남자는 처음 보는 사람이었다.

'어디서 개수작을.'

그녀의 외모에 혹해 달려드는 불나방은 많았다. 한지겸 또한 그런 부류라는 생각이 들었다.

가뜩이나 심란한데 이런 날파리나 꼬이다니. 정말 귀찮다.

"잠깐 앉아도 될까?"

"싫은데요."

자연스럽게 말하며 하윤의 맞은편 의자를 꺼내던 지겸의 행동이 멈추어졌다.

"응?"

"싫다고요. 좀 사라져 주실래요?"

한 손을 휙휙 휘저어 귀찮은 파리 쫓는 제스처를 펼치는 하윤이었다. 그것을 보자니 황당했다.

"저기 나 산이 친구라니까?"

"산이 곧 있으면 오니까 그때 오시던가요."

"그래? 잘됐네."

하지만 지겸은 특유의 뻔뻔함으로 자리에 앉았다.

'어쭈?'

방금 전에는 친구를 사칭한 괘씸한 놈이라고 생각했는데, 저리 당당하게 구는 것을 보니 지나치다 인사 한 번 한 걸로 친구라 생각하는 웃기는 녀석이란 판단이 들었다.

"산이 언제 온데?"

한지겸의 외모는 누구나 호감을 가질 만한 얼굴이었다. 그의 서글서글한 웃음을 보면 조금이나마 있던 경계심도 풀어질 정도였다.

그러나 그건 일반적인 사람의 이야기다.

"산이는 곧 올 건데요, 그쪽은 절 언제 봤다고 반말이세요?"

"응?"

"산이 친구면 그 여자 친구한테 반말해도 되는 건가요? 저 아세요? 혹시 예의가 뭔지 모르시는 분인가요?"

지겸의 눈이 동그래졌다.

생긴 거와는 다르게 엄청 까칠한 여자였다. 이런 여자와 강산이 연인이라는 것이 믿겨지지 않을 지경이었다.

"하하, 미안하다. 내가 실례를 했네. 그럼 너도 편하게 말놔. 그러면 공평하지?"

"전혀 공평하지 않은데요. 그리고 굉장히 의심스럽네요. 제가 산이 여친인 건 어떻게 아셨대요? 혹시 사기꾼이세요?"

"사기꾼?"

"산이 친구는 거의 다 알고 있는데, 댁은 처음 보거든요. 산이를 언제부터 알았기에 친구라고 하시나요?"

하윤의 말에 지겸은 오히려 웃음을 터트렸다. 평범한 여자들과는 다른 성격이 재밌었다.

"아아, 미안. 널 아는 건 둘이 있는 걸 보기도 했고, 산에게 얘기를 들었기 때문이야. 그리고 산이를 안 건 얼마 안 됐어. 학교에서 알았으니까. 참, 내 소개도 안 했네. 난 정치외교학부 3학년 한지겸이라고 해."

따지고 보면 그녀보다 훨씬 오랜 시간을 알고지낸 사이였다. 그렇지만 현재를 기준으로 보자면 얼마 안 된 것도 사실이었다.

"3학년?"

"아, 나이를 떠나서 서로 마음이 맞았거든. 그래서 친구하기로 했어."

"마음이 맞은 게 아니라 그쪽이 워낙 뻔뻔해서인 거 같은데요."

"뭐, 내가 좀 뻔뻔하긴 하지."

그때, 카페의 자동문이 열리며 강산이 들어왔다. 그는 두 사람을 발견하고 곧장 다가왔다.

"여, 왓썹!"

지겸의 인사에 강산의 눈매가 일그러졌다. 그는 곧장 하윤의 옆자리에 앉았다.

"넌 왜 여기 있냐?"

"커피 한 잔 마시러 왔는데 보이더라고. 네 여친이라서 인사 좀 할까 한 거지."

"그래? 인사했으면 가라."

"응? 뭐? 야, 너까지 그러기냐?"

하윤은 두 사람이 허물없이 말하는 것을 보고 적잖이 당혹스러웠다.

오랫동안 봐온 강산이다. 그에 대해서는 어지간한 건 눈빛만 봐도 알 수 있었다.

'진짜 친해 보여.'

의외였다. 문대식이나 민수 외에 저리 편하게 말을 하는 사람이 있다는 것이. 마치 오래된 친구를 대하는 것처럼 보였다.

"그래, 알았다. 치사하고 더러워서 간다. 그럼 둘이 데이트 잘해라."

콧김을 뿜으며 일어난 지겸이 성큼성큼 카페 밖으로 나가 버렸다.

"산아. 저 사람, 진짜 친구야?"

"응. 며칠 전부터 친구하기로 했어."

"에? 며칠 전?"

"그냥 뭐랄까. 쉽게 친해지는 타입이랄까. 얼굴이 많이 두껍더라고. 어쩌다보니 그렇게 됐네."

딱히 이해할 수 없었지만 그냥 그러려니 할 수밖에 없었다. 때때로 남자들의 세계는 여자들이 이해할 수 없는 부분이 있다잖은가?

어쨌거나 지금 그런 것이 중요한 건 아니었다.

"산. 이서경 이사, 왜 찾아온 거래?"

신하윤은 강산의 이야기를 다 듣고 고민에 빠졌다. 더 이상 복싱을 하고 싶지는 않았기 때문이다.

운동선수의 생명은 길지 않았다. 나이가 들어 기량이 떨어지기 시작하면 은퇴하고 다른 일을 찾아야 하는 것이 현실이었다.

강산이 뛰어나다고 하지만, 앞으로 어떻게 될지는 아무도 모르는 일이었다. 그렇기에 하윤은 강산과의 미래를 대비해서 탄탄한 직업을 가지고 싶었다.

"난 교수가 되고 싶어."

"교수?"

"그 정도는 해야 너한테 어울리는 여자가 될 테니까."

어울리는 것도 어울리는 것이지만, 현실적으로 교수만큼 부와 명예를 쥘 수 있는 일도 없었다.

하윤은 집안이 잘 사는 것도 아니었다. 오히려 강산의 부모님에 비하면 모자란 것이 사실이었다. 그러다보니 그녀 스스로 격이 맞는 사람이 되고 싶었다.

"하윤아."

"솔직히 말할게. 나 이서경 이사가 신경 쓰여. 질투해. 그 여자 너한테 관심 많아 보이거든. 그런데 대하그룹 회장 딸이라며? 나하고는 비교도 안 되는 배경이야. 그런 사람하고 경쟁하려면 나도 그만한 커리어를 쌓아야 하잖아."

많은 고민을 했다. 이제는 어린애가 아니었다. 단순히 원한다고 고집 부려서 이룰 수 있는 것은 아무것도 없었다.

"대기업 딸은 되지 못해도, 큰 회사 이사는 아니어도, 교수가 된다면 내가 더 유리할 거 같은데. 부모님이 나 며느릿감으로 보시잖아?"

환하게 웃는 하윤. 그러나 그 속에 감추어진 일말의 불안함을 강산은 볼 수 있었다.

강산은 그녀를 따뜻하게 안아주었다.

"그래, 열심히 하자."

무리하지 말라는 소리는 하지 않았다.

형은 검사, 형수는 의사—이혜정은 의과대학에 진학했다—마누라는 교수에 자신은 세계적인 스포츠 선수가 된다면 그만한 호사도 없었다.

이 정도만 되어도 어지간한 사람은 건들 수도 없는 대단한 집안의 조건이 되리라.

품에 안겨 있는 하윤이 자그마하게 속삭였다.

"나 믿으니까."

그래, 믿어라.

이제는 세상사는 법을 아니까. 바보처럼 힘만 믿고 까불 생각은 전혀 없으니까.

*　　　*　　　*

며칠이 지난 후에 지겸이 좀 보자는 연락을 해왔다. 강산은 그가 기다리는 호프집으로 향했다. 한지겸은 강산을 보자마자 대뜸 음흉한 웃음을 흘렸다.

"너 완전 복이 터졌구나."

"뭔 소리냐?"

"서경이 만났다."

"이서경 이사를?"

체육교육과 학과장이 한지겸을 불렀다.

자신만 보면 아쉬운 입맛을 다시던 이찬주 교수다. 체육교육과 학생도 아닌데다, 선수로 뛰어도 될 실력을 제대로 발휘하지 않는 지겸이 아까워서였다.

그런 학과장이 부르기에 또 자신을 설득하려나 싶었는데, 의외의 여인을 소개해 주었다.

"무공을 익힌 사람은 일반인과는 다르지. 더구나 내가 친우를 못 알아볼까. 캬, 진짜 이번에도 한 미모 하더만."

"오랜만에 많은 이야기를 했겠네."

"응? 그러진 않았어."

"안 했다고?"

"그래. 뭐 하러 아는 척을 해. 날 알아보지도 못하는 눈치던데."

이서경의 무공수위는 한지겸보다 낮았다. 만혼도화지체가 아니었기에 다른 무공을 익혀서다. 만약 지겸이 무공을 숨기고 다니지 않았다면 몰라도, 그가 숨기면 알아채기 힘든 일이었다.

"…서운했냐?"

"아니지. 지금 내 모습 봐라. 전하고는 비교도 안 되잖아. 이제는 나한테도 기회가 있다고."

입꼬리가 귀 밑까지 찢어진다.

"기회라."

"그래. 그때는 외모에 대한 콤플렉스가 있어서 아쉬웠는데, 이번에는 아니지."

의외였다. 외모에 관심조차 없는 줄 알았었는데.

그런 강산의 심중을 짐작했는지, 지겸이 말했다.

"관심이 없는 게 아니었어. 단지 타고난 현실을 받아들였을 뿐이었다. 내가 너한테 가장 부러웠던 것도 무공이 아니었다고."

진천의 균형 잡힌 몸매와 선이 굵은 이목구비는 뭇 여인들의 방심을 흔들었다. 당시에 무(武)에 미치지 않았고 여색을 밝혔다면 천하의 바람둥이로도 명성을 얻었을지 몰랐다.

"그래서 왜 만났는데?"

"재밌는 소리를 하더라. 졸업할 때까지만 대학 대표선수 할 생각 없냐고."

"하기로 한 거냐?"

"조건이 괜찮긴 하더라. 장래를 생각해서 인지도를 높이는 것도 필요하거든. 내 아버지가 누군지 알아?"

"누군데?"

"외교부 장관님이 내 아버지시다."

"장관이라."

"나 정치학 전공이거든. 내년에 행시보고 학교 졸업하면 바로 정치계에 입문할 몸이시다, 이거지. 넌 완전 복 터진 거야. 서경이는 대기업 딸에 난 최소 국회의원은 할 테니까."

왜 보자마자 복을 운운했는지 알겠다. 강산은 가볍게 웃어
주었다.

"오래 살겠네."

"뭐?"

"국회의원 되면 욕 많이 먹을 테니까."

"야. 어차피 욕 안 먹어도 오래 살 거거든?"

의학이 발전한 이 세상에서 무공까지 익힌 그들이라면 오
래 사는 거야 어려운 일은 아니었다.

"어쨌든 앞으로 잘 해보자."

지겸이 손을 내밀었다.

"수락했어?"

"일단 테스트를 받긴 해야 하는데. 너나 나나 뭐."

어떠한 종목도 그들의 눈썰미라면 쉬이 따라하고 익힐 수
있었다. 그러니 자신만만할 수밖에 없었다.

"난 안 했는데."

"응?"

"생각해 보려고 했는데, 이렇게 엮일 거 같으면 안 하는 편
이 좋겠다."

"산아."

"내가 왜 선을 그으려 하고 전생을 외면하려 하는지 너라
면 알거라고 생각해. 그러니까……."

강산의 입에서 한숨이 흘러나왔다.

"그만 좀 하자."

힘들었다.

믿고 싶었던 두 친구가 간자임을 알게 되었을 때, 그 충격은 이루 말할 수 없을 정도였다.

알고도 내치지 못했다. 그리고 평생을 모르는 척해야 했다. 두 친구의 행동 하나하나가 진심이라 느끼면서도 머리는 끊임없이 의심을 하게 만들었다.

무림이란 지옥에 홀로 떨어진 그가 살기 위해서는 아무도 믿지 않아야 했다. 그런 그가 처음으로 믿음을 준 두 사람, 그런데 그들은 간자였다.

그 사실이 그를 괴롭혔고 세월의 무게만큼 그 고통이 비대해지며 그의 가슴을 짓눌렀다. 마음의 병이 육신의 병이 되어버린 그는 삶에 미련을 버리고 말았었다.

그리고 새롭게 주어진 삶.

끝까지 믿어준 가족이란 존재에 마음을 많이 달랠 수 있었다. 그래서 그것을 지키기 위해 미친 듯이 싸웠다. 그 결과는 좋지 않았지만, 처음으로 걱정 없이 마음을 주었었다.

그런 과정 끝에 다시 한 번 기회가 주어졌다. 이제 모든 것을 털어내고 잘 좀 살아보려 했다. 그런 와중에 나타난 두 친구는 그에게 과거의 고통을 가져다준 뿐이라고 생각했다.

"산아."

부드러운 지겸의 음성이 귓가를 파고들었다.

"너야말로 중원의 그림자에 빠져 있는 거 알아?"

"뭐?"

"애당초 나와 유설은 그때 이미 간자의 임무를 버렸다. 그런데도 네가 걱정했던 것은 언제고 우리가 널 배신할 지도 모른다는 불안감이었을 거야."

배신해도 상관없었다. 그는 누가 뭐래도 천하제일의 고수였으니까.

하지만 두 친구가 배신을 하면 그걸로 끝나는 것이 아니다. 검을 들어야 했고 친구를 베어야 했다. 결코 마주치고 싶지 않은 미래가 그려지며 그를 괴롭게 만들었다.

"그 불안감을 왜 가지고 있는 거야?"

"그야 너희는……."

"난 정치외교학부의 한지겸이고 그녀는 체육교육과 대학원의 이서경이다. 넌 우리더러 과거를 버리라 하면서 정작 스스로는 버리지 못하고 있었어. 그리고 정말 중요한 것도 잊고 있어."

무엇을 잊고 있단 말이지?

한지겸이 따뜻한 미소를 지었다.

"여기는 중원이 아니야. 소림사도 없고 마교도 없다. 넌 왜 그걸 생각하지 않는 거냐? 이제는 돌이킬 수도, 돌아갈 수도 없는 과거의 그림자를 왜 붙잡고 있는 거야?"

그랬다. 지겸의 말대로 소림사도, 마교도 없는 세상이다. 더 이상 두 사람이 그를 배신하고 돌아갈 곳은 없었다.

"친구. 우린 그저 같은 추억을 공유하고 있을 뿐이야. 그것도 남들에게는 말할 수 없는, 우리만의 추억."

지겸이 다시 손을 내밀었다.

"잘해 보자고."

*   *   *

이서경은 지금 눈앞의 일이 꿈인지 현실인지 분간이 가지 않았다.

강산과 한지겸이 그녀를 찾아왔다. 시종일관 웃음을 띠고 있는 지겸과 달리, 강산의 얼굴은 딱딱하게 굳어 있었다.

무언가 또 안 좋은 말이라도 하려는 걸까, 서경은 내심 조마조마한 마음으로 강산의 눈치를 살피고 있었다. 그런데 그가 어렵게 꺼낸 말은 전혀 의외의, 그녀를 기쁘게 하는 말이었다.

"지금 뭐라고 하셨죠?"

"…친구하자고."

38선처럼 서로의 입장을 확실하게 그으려던 그의 입에서 친구하자는 말이 나올 줄이야.

많은 면에서 변화한 강산이라지만, 그 고집이 어디 가는 것은 아니었다. 한 번 먹은 마음을 돌리는 일은 불가능한 일이나 마찬가지였다. 그런데 그가 마음을 돌렸다.

"저야 당연히……."

조금이라도 가까워지고 싶었던 그녀에게 강산의 제의는 달갑다 못해 행복하게 만들 지경이었다.

하지만 곁에 있는 지겸이 신경 쓰였다. 그녀는 말을 하다말고 지겸을 바라보았다.

"한지겸 씨. 강산 씨와 아는 사이셨나요?"

한지겸에 대한 첫인상이 가히 좋지 않은 그녀였다. 교수의 소개로 만난 후에 그녀의 사무실로 옮긴 자리에서 대뜸 '같이 늙어가는 처지에 친구하자!'라고 했기 때문이다.

그녀가 유설임을 알기에 했던 행동이었지만, 그걸 모르는 이서경으로서는 기분이 나쁠 만도 했다.

"아는 사이지. 그것도 아주 오래전부터."

"아주 오래전이요?"

한지겸이 의미심장한 표정을 지었다.

"서경 씨도 기억나지 않아? 천산에서 혈마가 두 쪽 나던 날, 당신도 거기에 있었잖아."

이서경의 눈이 커졌다.

당시 무림공적이 되어 도망치던 혈마를 수많은 무림인이 뒤쫓았었다. 그리고 그중에는 자신도 있었다.

혈마는 그 와중에도 수많은 무림인을 도륙하며 도망쳤었

다. 하지만 끈질긴 무림인들의 추적은 결국 그를 궁지에 몰아넣었었다.

그 자리에 그가 나타났었다.

독행마 진천.

가공할 무위의 혈마를 일검에 양단한 그의 신위는 지금도 뇌리에 아로새겨져 있었다.

"당신 정체가 뭐지?"

"그날 진천이랑 친구 먹은 놈."

"설마… 직염?"

"그래. 오랜만이다, 유설."

자리에서 벌떡 일어난 이서경이 지겸의 위아래를 훑으며 불신의 눈으로 말했다.

"말도 안 돼."

굉장히 실례인 행동이고 말이었지만 지겸은 능글맞게 대꾸할 뿐이었다.

"어때? 잘생겼지?"

의기양양하게 말하는 지겸을 보며 이서경이 입가에 미소를 지었다.

"제 스타일은 아니네요. 그래도… 이렇게 다시 보니 반갑네요."

"스타일이라니 야, 내가 얼마나 여자들한테 인기가 많은데?"

"그건 다른 여자들이고요. 제 취향은 아니거든요?"

이서경은 단숨에 어떻게 된 것인지 알 수 있었다.

중원에서도 직염은 언제나 중재자의 입장이었다. 때로는 장난스럽게, 때로는 맏형처럼. 이번에도 강산의 마음을 다독여 준 것이 분명했다.

그래서 편안한 마음으로 말하고 바라볼 수 있었다.

고마워요.

이서경의 눈이 한지겸에게 말했다. 지겸의 어깨가 으쓱이며 할 일을 했을 뿐이라고 말한다.

잘들 논다.

강산은 그 한마디를 해주고 싶었지만 참았다. 이서경을 만나게 되면서 들어앉은 돌덩이가 사라진 지금, 그의 마음이 여유를 되찾아가고 있었기 때문이다.

"자, 그럼 우리 다시 재회한 기념으로 축배를 들어야지?"

"좋죠."

"편하게 말해. 여긴 중원이 아니라고."

"아, 그렇군요. 음, 그럼 이렇게 해요."

"어떻게?"

"제가 가장 나이가 많으니까 누나라고 하면 편하게 할게요."

"뭐?"

"중원이 아니니까. 로마에 가면 로마법을 따르라, 몰라요?"

오랜만에 만난 두 사람이 친군데, 누난데 하며 시끄럽게 군다. 두 사람의 모습을 보면 확실히 중원이 아니란 것이 실감이 갔다.

지겸의 말대로 오히려 중원 무림의 그림자를 놓지 못하고 있었던 것은 자신이었다.

'썩을 뻔했어.'

새 부대자루에 술만 담은 것이 아니라, 썩은 부대자루 그대로 넣으려고 한 셈이었다.

세상이 다르고 시대가 달랐다. 거기에 순응하려 했으면서도 자신의 고집 때문에 또 다시 후회를 만들 뻔했다.

강산은 자리에서 몸을 일으켰다.

"그만하고 나가자."

"잠깐. 서열은 정해야지?"

"이미 정해져 있잖아."

"뭐?"

"서경 누나. 오늘 누나가 쏘는 거지?"

이서경이 함박웃음을 지었다.

"그래. 가자! 내가 오늘은 화끈하게 쏠게."

"어? 어? 야, 강산! 그럼 난? 나 형이라고 불러야지?"

강산은 한지겸의 요구를 가뿐하게 묵살했다.

눈치.

그 사전적 의미는 다음과 같다.

1. 남의 마음을 그때그때 상황으로 미루어 알아내는 것.

2. 속으로 생각하는 바가 겉으로 드러나는 어떤 태도.

이런 눈치를 살피는 일은 약자나 하는 짓이다. 아니면 갑과 을의 관계에서 을이거나, 죄를 지었거나.

언제나 갑이었고, 언제나 강자였던 강산은 이 눈치라는 것을 본 적이 없었다. 더구나 이번 생에서는 죄지은 것도 없었다.

뭐, 죄를 지어도 그다지 눈치 볼 성격은 아니지만 말이다.

어쨌거나 그런 그가 지금 눈치를 보고 있었다.

"더 마실 수 있겠어?"

"아직 멀었어요."

혀가 꼬일락 말락 하는 두 여인. 바로 이서경과 신하윤이었다.

"대단하다. 괜찮겠냐?"

무림고우(武林古友)인 세 사람의 자리에 하윤을 부르자고 한 것이 지겸이었다. 그리고 하윤과 서경을 비교하며 은근히 자존심 싸움을 벌이게 한 것도 그였다.

그런데 자기는 아무런 잘못도 없다는 듯이 걱정된다는 말을 한다. 당연히 두 여자는 표독한 눈초리로 지겸을 쏘아보았다.

지금 장난해? 이게 누구 때문인데?

"이야, 가슴 떨린다. 그렇게 보지 마라. 어쨌거나 더 마실 거지?"

지겸은 문 옆으로 다가가 인터폰을 들어 주문을 했다. 이번에는 아예 5,000cc 맥주까지 시켰다. 그러더니 소맥을 만든다.

"자자, 날이면 날마다 오는 날이 아니지. 이 정도는 다들 마실 수 있잖아?"

약장수 같은 말을 뱉으며 각자의 앞에 소맥잔을 놓는다. 서경은 별 동요가 없었지만, 하윤은 달랐다.

지금까지 술을 마셔본 적이 몇 번 없었다. 그것도 맥주 두어 모금 정도가 전부였다. 오늘은 이서경에게 질 수 없다는 생각으로 무리를 하는 중이었다. 그녀는 순전히 정신력으로 버티고 있었다.

강산은 오늘 이 자리에서 서경과 하윤의 관계가 조금은 좋은 방향으로 바뀌길 바랐다. 그래서 하윤을 부르자는 지겸의 말을 반대하지 않았던 거였다.

하지만 막상 두 사람이 경쟁하듯이 술을 마시는 모습을 보자니, 적잖이 걱정되기도 했다.

"우리 우정을 위하여!"

지겸의 선창에 잔을 부딪치며 단숨에 들이켰다. 중원에서도 즐겨 마시던 술이었다. 같은 술은 아니었지만, 오랜만에 마시는 술은 생각보다 달달하게 느껴졌다.

하윤은 인상을 찡그리면서도 잔을 비웠다. 이미 얼굴은 붉게 달아올랐고 눈의 초점이 흐릿하다. 그런데도 흐트러짐 없이 몸을 바로 한다.

'제법인데?'

서경은 하윤을 평범한 여자애로 생각했었다. 남자한테 기대고 의지하려고만 하는 그런 아이.

그런데 달랐다.

복싱 대회에도 참가하고 공부까지 열심히 해서 서울대까지 왔다. 스스로 당당해지려는 그녀의 노력이 눈에 보였다. 그리고 자신에게 지지 않으려는 승부욕도 좋았다.

강산의 그늘에 의지하기보다 강산의 곁에 당당하게 서기 위한 그녀의 진심이, 무림의 여고수였던 서경의 마음에 들고 있었다.

쿵!

신하윤의 이마가 테이블에 부딪혔다. 맥주를 네 번이나 더 시키고 다섯 번째 맥주를 시켰을 무렵에 벌어진 일이었다.

한지겸이 휘파람을 불었다.

"대단하다."

꾸벅꾸벅 졸면서도 반사적으로 잔을 내밀었다. 강산이 그만 마시라고 해도 고집을 피우더니 기어코 쓰러지고 말았다.

"귀엽네."

"그렇지. 참 괜찮은 애야."

지겸은 서경의 말에 맞장구를 쳐주고 강산을 바라봤다. 친구의 입가에 포근한 미소가 걸려 있었다.

"표정 봐라. 야, 너 완전 아빠미손 거 알아?"

"그러게. 괜히 심술 나는 걸?"

친구들의 말에도 웃음을 거두지 않았다. 그저 묵묵히 앞에 놓인 잔을 들어 입술을 축일 뿐이다.

"앞으로 어떻게 할 거냐. 정말 운동할 생각이야? 그러기에는 능력이 아깝잖아."

"무슨 소리야?"

"무슨 소리긴. 솔직히 우리 능력이라면 무슨 일이든 할 수 있는데. 막말로 마음먹고 움직이면 미국 대통령 얼굴에 독도는 한국 땅이라고 낙서도 할 수 있다고."

강산이 지겸을 빤히 쳐다봤다.

"왜? 내 얼굴에 뭐 묻었어?"

"내가 전생에서 어떻게 죽었는데 그런 소릴 하냐."

"뭘 어떻게 죽어? 서경이, 그러니까 유설이 품에서 얌전하게 죽었지."

이상한 일이었다. 회귀를 했다면 아버지가 장관인 이상 자신에 대해서 알고 있어야 정상이었다. 그렇지 않더라도 그리 난리를 쳤는데 모른다는 것은 말이 안 되었다.

"너 이번이 첫 환생이야?"

"응? 당연하지."

아무래도 불안정하게 발동된 진의 여파인 것 같았다.

강산은 회귀 전의 이야기를 들려주었다.

"기가 막히네. 그랬단 말이지? 뭐야. 그럼 나 아차 했으면 완전 낙동강 오리알 될 뻔했잖아?"

"그렇지는 않았을 거야. 진법은 당사자들을 어떻게든 동시대, 동시간대에 태어나게 해주니까. 그래도 이건 좀 의외네."

서경은 그사이 술기운이 가셨는지 멀쩡한 모습으로 돌아와 설명을 해주었다. 이 중에서 구천귀혼대회진에 대해 가장 잘 아는 그녀였으니, 그 말이 맞으리라.

"그야 그렇다고 치고. 그래도 아깝지 않아? 전에야 네가 이 세상에 대해서 제대로 알지 못해서 그런 거고. 지금이라면 충분히 조심해서 하면 될 텐데."

"자객이라도 하란 소리냐?"

지겸이 한바탕 웃음을 터트렸다.

"야, 야. 무슨 여기가 무림도 아니고."

"그래, 무림이 아니지. 그런데 네가 하는 말은 무림처럼 무력을 쓰라는 소리로 들리는데."

"비슷하긴 해. 단지 그 무력을 합법적으로 쓸 수 있는 방법이 있다는 말이지."

"합법?"

"공무원이 되는 건 어떠냐. 국정원 같은 곳에 들어가면 우리 능력이 딱이지. 특히 해외공작원은 수당도 많다."

이 무슨 자다 봉창 두드리는 소리일까.

"왜? 아예 군대에 말뚝 박으라고 하지 그러냐."

미쳤다고 위험천만한 일을 할까. 안전하게 돈을 벌 수 있는 방법도 많은데 말이다.

"내 가족 챙기기도 바빠. 나라까지 책임질 이유는 없다. 쓸데없는 소리 그만하고 가자."

강산은 새근거리며 잠이 든 하윤을 바라보았다. 이대로 그가 집에 데려다 줄 수도 있겠지만…….

"서경아."

"응?"

"하윤이 하루만 부탁하자."

두 사람을 좀 더 붙여놔야 했다. 벽을 허물고 가까워질 수 있는 시간을 주고 싶었다.

이걸 욕심이라고 해도 어쩔 수 없다. 두 사람 모두 강산에겐 소중한 사람이고 인연이었으니까. 되도록이면 모두에게 좋은 방향으로 해결해야 했다.

"알았어."

흔쾌히 허락하는 서경이다. 강산은 미련 없이 자리에서 일어났다. 그러곤 하윤을 챙겨 이서경과 함께 룸을 나섰다.

뒤에 남은 한지겸의 얼굴에 아쉬움이 내려앉았다. 가볍게 한숨을 내쉰 그도 자리에서 일어났다.

"입장 곤란하네."

두 친구를 쫓아 밖으로 향하는 그의 걸음이 가볍지는 않았다.

이서경은 하윤을 집으로 데려왔다. 침대 위에 하윤을 눕히고 주방으로 가서 컵을 꺼내어 차가운 냉수를 따랐다. 그걸 들고 방으로 돌아와 협탁에 올려놨다.

"하윤아. 물이라도 한 잔 마시고 자."

그리 말하고 몸을 돌려 나가려는데, 하윤의 음성이 들려왔다.

"언니."

하윤이 몸을 일으켰다.

술집을 나서면서부터 정신을 차렸다. 굳이 이서경의 집으로 함께 올 이유는 없었지만, 조용히 따라온 이유는 그녀와 이야기를 나누고 싶어서였다.

하지만 막상 입을 열려니 힘들었다.

그를 좋아해요? 사랑하나요?

답을 듣기 두려웠다. 그녀가 강산을 좋아한다면, 사랑한다면 자신은 어떻게 해야 할까?

오늘 술자리에 나오면서 많은 고민을 했었다. 이서경이 있다는 소리에 가슴이 세차게 뛰었었다.

그간 연락도 없던 그녀가 나타난 것도 불안한데, 개인적으로 술자리에서 만나고 친구가 되기로 했다니. 그야말로 청천 벽력과도 같은 소식이었다.

아직 이서경에 비하면 많이 모자랐다. 그나마 강산이 이서 경과 거리를 두려하고 자신에게 마음을 준 것 같아 안심했었 는데, 이렇게 되면 위기였다.

"하윤아."

서경은 가만히 그녀를 응시했다.

이미 정신을 차렸다는 것은 알고 있었다. 숨소리 하나, 몸 놀림 하나까지 읽는 것이 무림의 고수였다. 그런 그녀에게 그 정도는 쉬운 일이었다.

하윤보다 더욱 긴 세월을 한 사람만 바라보고 살아온 그녀 였다. 그러니 그녀의 고민 또한 이해할 수 있었다. 그렇기에 별다른 거부감 없이 집으로 데려왔고, 이렇게 대화를 나누려 하는 것이었다.

"분명히 말하는데, 나도 산이 좋아해. 그리고 그건 어쩌면 사랑이란 감정일 수도 있어."

사랑이다. 하지만 그렇게 말할 수는 없었다.

애당초 출발선이 달랐다. 마교의 간자로 접근했던 자신과 순수하게 호감으로 곁에 있기 시작한 신하윤.

부러웠다.

자신도 그렇게 순수하게 시작했다면 지금처럼 그의 관심 과 애정을 받을 수 있었을까?

하윤은 모를 것이다. 지금 강산이 그녀에게 하는 행동들은 예전이라면 꿈도 꾸지 못할 만큼 파격적인 애정 표현이라는 것을.

그게 부러웠을 뿐, 하윤이란 아이에게 악감정이 있는 것은 아니었다. 오히려 강산 때문에 불안해하는 모습에서 동질감을 느끼게 되고 있었다.

"하지만 당장 어떻게 어필하려는 건 아니야. 난 비겁하게 배경 같은 걸로 이겼다는 소리는 듣기 싫거든."

"그 말씀은?"

"아까 술 마시면서 그랬지? 교수가 되고 싶다고. 내가 선배로서 도와줄게."

"선배……."

"네 스스로 당당해질 때까지는 나도 친구로만 지낼 테니까, 걱정은 그만해."

진심이 담긴 미소를 보여준 이서경이 몸을 돌렸다.

"늦었으니까 얼른 자. 수다는 내일 멀쩡할 때 떨자고."

방문이 조용히 닫혔다.

하윤은 한동안 닫힌 방문에서 눈을 떼지 못했다.

*　　　*　　　*

통산전적 1승 1무 270여 패.

정확하게 몇 번이나 패했는지도 모를 정도의 성적을 가진 것은, 다름 아닌 서울대학교 야구부다.

축구부 또한 만만치 않았다.

대학축구리그인 U리그의 수도권영동 최하위 팀이 서울대 축구부다. 어쩔 때는 승점 1점도 올리지 못할 때가 많을 정도로 최약체 팀으로 평가된다.

그 외에도 수많은 서울대 운동부 성적은 대부분 비슷했다. 그나마 복싱부가 선전을 했을 뿐, 나머지는 크게 차이가 없었다.

그런 상황에서 체육교육과 출신의 국가대표가 한 명이라도 나온다면 어떨까? 올림픽에서 금메달까지 딴다면?

이찬주 교수는 욕심이 많았다. 자신이 추천한 학생이 이름을 날리면 자신의 명성도 덩달아 올라간다. 그는 그러기를 바라고 있었다.

그래서 육상이나 격투 종목, 수영 등을 생각했을 뿐, 팀 단위로 하는 종목은 포기했었다. 혼자 잘해도 다른 사람이 못하면 소용이 없다고 생각했기 때문이었다.

그랬는데……

삐익―

주심의 휘슬 소리와 함께 하프라인에 있던 한지겸이 강산에게 공을 툭 차주었다.

"막아!"

그가 공을 잡자 괴성을 지르며 달려드는 상대 수비수들.

강산은 가볍게 그들을 제치며 앞으로 치닫기 시작했다. 거친 태클과 몸싸움도 그에게는 소용이 없었다.

전국대학축구대회 예선전에서 서울대는 광운대와 건국대를 꺾고 올라오는 기적을 연출했다.

오늘은 전통의 강호 고려대.

서울대가 이 자리에 오른 것은 단 두 명의 선수 때문이었다.

9번 강산, 11번 한지겸.

필드를 제집 안방처럼 누비는 두 선수로 인해 광운대와 건국대는 각기 3골, 2골을 넣는 선전에도 불구하고 패배해야 했다.

먹힌 만큼 그 이상을 넣는 두 명의 신들린 스트라이커 때문이다.

광운대 3:6 승, 건국대 2:6 승.

서울대의 전적이었다.

"대단합니다! 강산 선수 시작과 동시에 페널티에어리어까지 단숨에 치고 들어갑니다!"

수비수 3명이 강산의 앞을 가로막았다. 그들은 섣불리 태클을 시도하지 않고 진로를 차단하는데 열심이었다.

한 선수에게 많은 수비수가 달라붙으면 빈 공간이 생기기 마련이다. 그 빈 공간에는 한지겸이 있거나, 서울대의 다른 선수가 자리를 잡는다.

그리고 강산의 칼날 같은 패스가 정확히 그 앞으로 떨어진다.

"한지겸 선수, 슈웃!"

출렁!

"강산 선수, 슈웃!"

출러엉!

누군가는 그런 말을 한다. 아무리 선수가 뛰어나도 팀 경기는 다른 선수들이 받쳐 주지 않으면 힘들다고.

하지만, 그 선수가 너무 뛰어나다면 이야기가 다르다. 더구나 그런 선수가 하나도 아니고 둘이다.

말도 안 되는 두 사람의 대학전설은 그렇게 축구부로부터 시작되고 있었다.

4장
놔두면 물지 않아

강산의 방에 진열장이 생겼다. 진열장 안에는 각종 우승 트로피가 화려한 자태를 뽐내고 있었다.

서울대 축구부 전국 춘계대학축구 연맹전 우승.

서울대 야구부 KBO총재기 전국 대학야구대회 우승.

서울대 농구부 스타은행 대학농구리그 우승.

그 외에도 자잘한 우승 트로피가 채워진 진열장을 잠시 바라보던 강산이 고개를 흔들었다.

"빛 좋은 개살구야."

그랬다. 수많은 사람의 환호를 받으며 승리했지만, 결과석으로 돈이 되질 않았다.

미래를 위한 투자라고 생각할 수도 있었다. 꾸준히 몸값을 상승시키고 인지도를 쌓아 국가대표까지 이를 수 있는 탄탄한 투자.

하지만 강산은 투자할 이유가 없었다. 그는 슈퍼 갑이나 마찬가지였다. 질 수밖에 없는 경기도 이기게 할 수 있었고, 상대가 아무리 강해도 누를 수 있는 슈퍼 갑.

그런데 이것들이 슈퍼 갑을 몰라봤다.

'한 곳에서도 연락이 없다니.'

최약체 팀을 이끌고 우승까지 거머쥐었다. 당연히 스포츠 각계에서 러브콜이 와야 정상이었다. 그런데 한 곳에서도 연락이 없었다.

이서경은 스스로를 어필하고 튀어야 성공하는 세상이라고 했다. 이왕 하는 거, 스포츠계의 전설을 만들어보자는 그녀의 의견이 나쁘지는 않았다.

사람들의 주목을 받기 위해 참가할 수 있는 모든 경기에 다 나갔었다. 그렇게 해서 프로의 세계가 부르는 몸값을 비교해 보고 싶었다.

그런데 아무 곳에서도 연락이 없었다.

삐빅.

현관문이 열리는 소리가 들렸다. 강산은 방문을 열고 밖으로 나갔다.

"다녀오셨어요."

"오냐, 다녀오셨다."

강창석이 불콰한 얼굴로 들어왔다. 회식이라도 한 모양이었다. 이선화는 코를 막으며 남편의 겉옷을 받아 들었다.

"무슨 술을 이렇게 많이 마셨어요?"

"아냐, 조금밖에 안 마셨어."

"거짓말은. 암튼 어서 씻어요."

"현이는?"

"오늘 도서관에서 늦는데요."

"에휴, 그 녀석 너무 공부만 하는 거 아냐? 산이처럼 운동도 좀 하지."

강현은 서울대 법학전문대학원에 들어가기 위해 준비 중이었다. 기본적으로 학사학위를 따야 하기에 서울대 영어영문학과와 사회학과를 복수전공으로 선택하여 학업에만 매진해 왔었다.

"다음 달에 법학 적성시험을 보잖아요. 로스쿨 들어가는 게 쉬운 줄 알아요? 그만 투덜거리고 씻어요."

이선화는 남편을 욕실로 밀어 넣었다.

"남자는 다 애라더니. 현이 시험 끝나면 아빠하고 남자들끼리 여행이라도 다녀와라."

"엄마는요?"

"엄마에게도 휴식이 필요해요. 에 셋 기우는 기분을 네가 아니?"

어머니는 눈을 찡긋하고 주방으로 향했다. 주전자를 올리고 냉장고에서 헛개나무 열매로 만든 즙을 꺼냈다. 아버지의 간 건강을 챙기기 위해 헛개열매차를 만드시는 것이었다.

가족들의 건강을 최우선으로 생각하시기에 어지간한 것은 직접 사다가 만드셨다. 그러다보니 화학조미료 같은 것은 거들떠보지도 않으셨고 외식은 기분을 내야 할 때만 가끔 하는 편이었다.

외식할 때도 항상 검증된 곳만 가셨다. 가격을 떠나 조미료 안 쓰는 곳, 좋은 식자재를 쓰는 곳만 찾아다니다 보니 다른 집보다 횟수는 적어도 쓰는 돈은 비슷하거나 더 많기도 했다.

전생과 현생을 그런 어머니 밑에서 자라다 보니 강산의 입맛도 조금 까다로운 편이었다.

"아드을~"

욕실 문이 열리며 고개를 내민 강창석이 간드러진 목소리로 강산을 불렀다.

"네?"

"오랜만에 아빠 등 좀 밀어주라."

"등이요?"

"그래. 중학교 때 이후로 한 번도 안 밀어줬잖냐. 모처럼 등 좀 밀어봐라. 얼른?"

강산은 웃으며 욕실로 향했다. 편하게 입고 있던 추리닝 바지를 걷고 팔도 걷어붙였다.

"여봇! 무슨 등이에요! 때까지 미는 거예요? 여보!"

"살짝만 할 거니까 걱정 말라고. 욕조에서 안 해."

"막히기만 해봐요!"

이전에 아버지가 욕조에 물을 받아놓고 씻은 적이 있었다. 별 생각 없이 욕조에서 때를 미셨고 하수구 마개만 뽑아놓고 바로 나오셨다.

뒤이어 들어가신 어머니가 목격한 것은 때가 둥둥 떠다니는 꽉 막힌 욕조였다.

당연히 그날 하루 종일 아버지는 잔소리를 들어야 했다. 그 이후로는 어지간해서 집에서 때를 민 적이 없는 아버지였다.

뜨뜻한 물로 등을 한 번 헹군 강산은 때타월을 꼈다. 그리고 천천히 아버지의 등을 밀었다.

"때 많이 나오지?"

"국 끓일까요?"

어렸을 적, 대중목욕탕에서 때를 밀 때마다 하셨던 말씀이었다. 국 끓여도 되겠다, 시원하게 나오는구나, 이제 다 컸네.

"임마, 너도 나이 먹어봐라. 때 많이 나온다."

"아직 전 젊습니다."

"어쭈? 젊어서 좋겠다?"

"당연하죠."

부자의 웃음소리가 욕실을 울렸다. 밖에서는 어머니가 뭐가 그리 재밌냐고 질투 섞인 투정을 하셨다.

"산아."

"네."

"운동, 계속할 거냐?"

"그럴 생각이에요."

"운동을 왜 하는데?"

"제가 잘하는 거기도 하고 돈도 많이 벌 수 있고요."

"돈이라. 너라면 굳이 운동이 아니라도 먹고 살 방법은 많을 거다. 대체 왜 운동에 집착하는 거냐? 차라리 벤처 창업 같은 건 어때?"

이쯤 되면 눈치챌 수 있었다. 아버지는 그가 운동하는 것을 못마땅해 하시는 것이었다.

"생각해 봐라. 운동은 평생 할 수 있는 것도 아니잖니. 길어야 서른 중후반까지다. 돈을 많이 벌어? 봐라. 다른 선수들 보면 늦어도 대학 때에는 다 스카웃 제의가 들어오곤 하는데, 넌 지금까지 연락 온 곳도 없지 않니?"

이런. 그런 거였나?

아버지가 하시는 일, 그는 알고 있었다. 어쩐지 한 군데도 연락이 없다 했었다. 아마도 아버지가 압력을 넣어 그에게 접근하지 못하도록 손을 쓴 것이 분명했다.

하지만 왜 그러시는 걸까? 왜 그렇게 자식을 감추고 싶어

하시는 걸까?

"산아. 잘 생각해라. 위험하게 운동할 이유는 없어. 전에 네 상금으로 건물도 샀잖니?"

아마복싱 챔피언전의 상금으로 아버지는 경매에 나온 빌딩을 구입하셨다. 물론 명의는 강산이었다. 거기서 나오는 임대수익이 생각보다 많은 편이었다.

하지만 그에게는 유일하게 하나, 양보할 수 없는 목적이 있었다.

천하제일.

무림에서는 무공만으로도 천하제일에 오를 수 있었다. 수많은 고수를 죽이고 더 이상 누구도 그를 상대할 자가 없는 자리에 오르자, 모두가 그를 천하제일로 인정했다.

그러나 이곳은 무림이 아니었다. 사람을 죽이면 죄가 되고 악인이 되었다. 그런 곳에서 무림인으로 움직일 수는 없었다.

그 대안이 스포츠였다.

세계 챔피언은 천하제일과 가장 가까운 의미라 할 수 있었다. 세계 제일, 랭킹 1위라는 타이틀이 붙으면 돈과 명예가 따라온다. 현실적인 천하제일이었다.

"아버지. 전 세계 최고가 되고 싶습니다."

"세계 최고?"

"공부로 세계 최고가 되는 긴 멀기만 헤요. 기입가로 성공하는 일도 저와는 맞지 않고요. 하지만 스포츠는 다르죠.

전 누구에게도 지지 않을 자신이 있습니다. 지금까지 보셨잖아요?"

믿기지 않을 성적으로 승승장구한 아들이다. 대단했고 자랑스러웠다.

하지만 더 이상은 안 된다. 그가 아들을 숨기는 일에도 한계가 있었다. 늦기 전에 제동을 걸고 정리해야 했다.

"예로부터 뛰어난 사람은 다른 이들에게 질시의 대상이 되어왔다. 그래서 현명한 사람들은 모든 것을 보이지 않고 서푼은 숨긴다고 했다. 시대가 변하고 세상이 변해 실력을 숨기면 바보라는 말도 하는데, 그건 능력 없는 사람들 얘기다. 다른 이들보다 뛰어나다면 그 능력을 조금은 숨겨야 만약을 대비할 수가 있는 거야."

무림에서도 본신의 실력을 서푼은 숨기라 했다. 그것이 절체절명의 위기를 한 번은 구해줄 비장의 한 수가 되기 때문이다.

"사람들의 질시는 무섭다. 잘나가는 연예인도 별거 아닌 실수나 말 한마디 잘못하면 벌 떼처럼 달려들어 쏘아대는 것이 세상인심이야. 더구나 스포츠? 세계 챔피언? 너 세계무대에서 동양인에 대한 인식이 어떤지 알아? 그들이 네가 챔피언이 되는 것을 그냥 두고 볼 것 같니? 너에 대해 세계적인 전문가들이 분석하고 약점을 잡아낼 거야. 그리고 공략하겠지. 철저하게 널 망가트리려 할 거다. 왜? 사람들은 누군가가 망가지는 것을 보며 카타르시스를 느끼기도 하거든."

강산은 별다른 반박은 하지 않았다. 중원에서도 마인이란 이유로 수많은 이들에게 배척받았었다. 대한민국에서의 첫 번째 삶에서도 괴물, 악마라 불리며 공격을 받았었다.

아버지가 말씀하신 현실들을 누구보다도 직접적으로 겪어 보고 당해본 것이 그였다.

그래서 정말 많이 숨기고 있었다. 서픈을 숨긴 게 아니라, 서픈만 드러내고 있었다. 아니, 서픈도 되지 않는 능력이다.

그걸 얘기할 수도 없고, 아버지의 말에 반박을 하자니 그건 또 불효 같고.

에이, 그냥 말을 돌리자.

"때 다 밀었어요."

물을 뿌려 마무리를 하고 몸을 일으켰다. 아버지가 고개를 돌려 근심이 가득한 눈빛을 보내왔다.

"아들."

"네."

"할 거면 차라리 하나만 해."

어느새 주름이 내려앉은 아버지의 얼굴. 등도 많이 좁아지신 느낌이다. 그런 아버지가 걱정해서 한 말인데, 그건 기우일 뿐입니다, 하고 무시할 수도 없었다.

"알았어요."

단순히 아버지로서 아들을 걱정하는 분위기는 아니었다.

뭔가가 있었다.

'뭐가 되었든, 건들기만 해봐라.'

걱정은 전혀 하지 않았다. 이번 삶에서는 혼자가 아니었다. 이서경과 한지겸이 있었고 이미 한차례 살아본 경험도 있었다. 전처럼 허무하게 잃지는 않을 것이었다.

"산아."

문을 열고 나가려는데, 다시 한 번 부르시는 아버지.

"너, 유학 갈 생각은 없니?"

유학? 말도 안 되는 소리다. 가족들과 몇 년이나 떨어지는 것은 사양이다. 군대 면제를 위해 복싱 프로데뷔를 미루고 올림픽 금메달을 따려하는 판국에 유학이라니.

하지만 강창석으로선 당연한 생각이었다. 국내 기관의 눈에 띄느니, 해외에서 능력을 인정받는 것이 나았다. 인종차별이니 뭐니 해도, 선진국은 능력에 걸맞은 대우는 해주니까.

"지금은 생각 없어요."

욕실에서 나온 강산은 방으로 들어갔다.

확실히 복잡한 세상이다. 어디고 사람 사는 곳이 다 그렇겠지만, 무림은 검만으로도 해결할 수 있는 경우가 많았던 반면 이 세상은 많은 것을 염두에 두어야 했다.

'뭘까? 이 찝찝함은.'

그저 아들을 걱정하는 수준이라고 보기에는 무언가 마음에 걸렸다. 전생에도 그랬었다. 그러나 어떠한 일이든 돌파할 자신이 있었기에 확인하지 않았을 뿐이었다.

언젠가는 알아내야겠다고 생각하며 강산은 눈을 감았다.

✽　　　✽　　　✽

이서경과 장경배가 심각한 얼굴로 마주하고 있었다.

"아마복싱 챔피언전의 개최를 중지하고 대학에 대한 지원을 중단하라니, 대체 이게 무슨 말도 안 되는 일이죠?"

대한체육회에서 협조공문이랍시고 날아온 것이 문제였다. 공문에서 막대한 상금을 걸고 있는 대회는 아마추어 정신에 위배된다며 대회 개최를 그만둘 것을 요구하고 있었다.

더불어 몇몇 대학 운동부에 지원 사업을 펼치고 있는 것─서울대만 했다가는 이미지가 좋지 않을 수도 있었기에 몇몇 대학을 더 선정했었다─에 대해서도 중단할 것을 종용했다.

화이트 프로모션이 다른 곳들보다 유리한 위치에서 스포츠 유망주들을 선점할 우려가 있다는 것이었다.

만약 협조하지 않는다면 화이트 프로모션 선수들의 자격에 대한 심사를 다시 할지도 모른다는 협박까지 곁들였다.

기가 막혔다. 화이트 프로모션의 지원은 어디까지나 순수한 지원이었다. 거기에 선수들과의 어떠한 계약도 없었고 강요도 없었다.

이미 체육계에 대한 로비도 어느 정도 끝마친 상태였다. 대한체육회가 이리 나올 이유는 전혀 없었다.

"아무래도 정부에서 움직인 모양입니다."

"정부? 정부가 왜요?"

무슨 정치적인 사업도 아니었고 국익에 반하는 일도 아니었다. 오히려 대한민국 스포츠계의 발전을 위해서 적극 권장해도 모자랄 일이었다.

"확인된 사실은 아닙니다만, 국정원에서 움직였다는 정황이 있습니다."

국정원이란 말에 그녀의 눈가가 좁아졌다.

이런 일에 그들이 움직일 이유가 없었다. 대하그룹과 정부와의 관계가 나쁜 것도 아니었다.

'대체 왜? 설마…….'

강산.

전생에도 강산에 대한 조사를 하자 모습을 드러낸 것이 국정원이었다. 하지만 그때는 그만한 일을 벌였기에 이해가 가는 일이었다.

지금의 강산은 그저 남들보다 뛰어난 모습을 보일 뿐이었다. 학업 성적이 우수하고 각종 운동에 뛰어난 재능을 보이고 있는 타고난 천재의 모습.

그것이 그들의 관심을 끌 수는 있었다. 그러나 이런 식의 움직임을 보일 이유는 없었다.

"본부장님은 체육회 사무총장을 만나주세요."

"알겠습니다."

이서경은 자리에서 일어났다.

아무래도 강산을 만나서 상의를 해야 했다. 그러면 어떻게 된 영문인지 알고 있을 것이다.

능력이 있으면 써야 한다. 물론 아버지 말씀처럼 모든 능력을 다 보이는 것은 바보짓이다.

그래서 적당히 했다. 공부야 부모님을 기쁘게 해드리고 행동의 제약을 받지 않기 위해서―성적 떨어지면 운동 못하게 한다는 어머니 말씀 때문에―열심히 했고, 운동의 경우에는 정말 가볍게 했다.

"가벼운 건 아니지. 나간 대회마다 우승하고 공부도 탑이야. 솔직히 매스컴을 타도 벌써 탔어야 하는 일이라고. 그런데 인터넷 찌라시 수준의 기사만 나가고 제대로 된 기사는 한 번도 터지지 않았었지. 확실히 그런 부분에서 보자면 이상하긴 했어."

지겸의 말대로 대학에 올라와서는 한 번도 언론의 조명을 받지 못했었다. 아니, 짤막하게 서울대가 우승했다는 기사들은 있어왔다.

그뿐이었다. 거기에는 강산에 대한 것도, 지겸에 대한 내용도 실리지 않았었다.

마치 누군가가 의도적으로 누락시킨 것 같이.

"산아. 혹시 짐작 가는 거 있어?"

물론 짐작은 간다.

"아버지."

"아버지?"

"아버지가 국정원에서 일해서."

어차피 이곳에 있는 두 친구는 전생의 동반자다. 가장 비밀스러운 진실을 공유하고 있기에 쉽게 말해줄 수 있었다.

"국정원? 그럼 지금 상황이 아버지 때문인 거야? 왜 그러시는 건데?"

지겸의 의문은 당연한 것이었다. 그가 보기에는 아들의 앞길을 막는 일처럼 보일 테니까 말이다.

"튀지 말라더라."

"튀, 튀지 말라고?"

무슨 이유에서인지 아버지는 뛰어난 능력을 보이는 날 걱정하셨다. 전에도 인간 같지 않은 내 능력을 어떻게든 숨기려고 많은 애를 쓰셨다.

사실 이 정도는 별거 아니라고 생각한다. 가벼운 손짓으로 사람이나 자동차까지 날려 버리는 짓을 한 적은 없으니까.

그런데도 무언가를 극히 염려하시는 아버지였다.

"그래, 뭐. 튀기야 많이 튀었지. 그래도 이해가 안 가네. 그저 운동 좀 잘할 뿐이잖아?"

"좀이 아니라 너무 잘하긴 했어. 복싱이야 그렇다 쳐도, 너랑 대학에서 낸 성적들. 그렇다고 해도 확실히 이해가 안 가는 일이야. 오히려 적극적으로 밀어주시면 몰라도."

스포츠 영웅.

사람들에게 희망을 줄 수 있는 현대사회의 영웅이 바로 스포츠 스타다.

마라톤의 손기정 옹, 축구의 차범근, 메이저리그에 진출했던 박찬호, 영원한 골프여왕 박세리, 피겨 퀸 김연아, 마린보이 박태환 등 스포츠 스타가 당시 사람들에게 끼친 영향은 지대했다.

그들은 꿈과 희망을, 감동과 눈물을 선사했다. 사람들을 단합하게 했고 한마음 한뜻으로 뭉치게 만들었다.

이서경은 강산 또한 그런 영웅이 될 수 있다고 생각했다. 그렇기에 강창석의 행동이 이해가 가지 않았다.

지겸이 심각한 얼굴로 물었다.

"아버지하고 얘기해 볼 생각이냐?"

"글쎄."

그냥 취한 조취는 아닐 것이다. 분명 뭔가가 있었다. 그것을 대놓고 물어보기에도 애매한 상황이었다.

"일단 나도 알아볼게. 지겸이 너도 알아볼 수 있으면 알아보고."

한지겸 또한 나름대로 알아볼 생각이었다.

그가 아는 바하고는 달랐다. 기관에서 강산의 존재에 대해 관심을 가졌다면 이런 식으로 할 일이 아니다. 이건 어쩌면 강산 아버지의 독단적 행동일 확률이 높았다.

'그렇다면 곤란한데.'

심각한 월권행위다. 이런 사실이 알려진다면 강산의 아버지가 무슨 일을 당할지 몰랐다.

그렇게 된다면 강산 또한 가만히 있지는 않을 터였다.

*　　　　*　　　　*

내곡동에 위치한 국가정보원.

自由(자유)와 眞理(진리)를 향한 無名(무명)의 헌신.

우리는 음지에서 일하고 양지를 지향한다, 정보는 국력이다에 이어 현재 국가정보원이 채택한 원훈이었다.

강창석은 복도를 거닐었다. 크고 작은 수많은 방들이 있었다. 그중에 그가 걸음을 멈춘 곳은 1119라 적힌 방 앞이었다.

국정원 내부의 많은 방들은 부서명 따위는 적혀있지 않았다. 그저 숫자만 달랑 적혀있는 방들이 있을 뿐이다.

왼손이 하는 일을 오른손이 모르게 하는 정도가 아니다. 엄지가 하는 일을 검지는 몰라야 한다. 그렇기에 국정원 요원들은 각 방이 무슨 일을 전담하는지도 알지 못했다.

문을 열고 안으로 들어갔다. 단출한 사무용 책상 5개 외에는 소형 캐비닛 하나가 전부인 휑한 사무실이 바로 요인정보 분석팀이었다.

그런데 오늘은 분위기가 묘했다. 팀장인 그가 들어왔는데도 팀원들의 인사소리가 들리지 않는다.

방 안을 훑는 그의 시선이 한 사람에게서 멈췄다.

나이는 40대 중반 정도, 흰머리가 드문드문 섞인 머리카락을 깔끔하게 뒤로 넘긴 사내는 강창석의 책상에 앉아 눈을 감고 있었다.

"누구야?"

그의 질문에 팀원 하나가 조용히 말했다.

"3실에서 오셨답니다."

"3실?"

3실은 속칭 저승이라 불린다. 국정원 내부의 감사팀이며 유일하게 무슨 일을 하는지 알려진 곳이었다.

이들은 엉덩이가 무겁기로 유명한 자들이었다.

대부분의 요원들은 철저한 조사 끝에 뽑는다. 사돈에 팔촌까지 조사할 정도니, 그 엄격함이 이루 말할 수 없을 정도였다.

그러다보니 감사팀이 움직일 일은 거의 없었다. 요원들은 자신들의 일에 충실했고 내부적으로 문제를 일으킬 여지는 거의 없었으니까.

하지만 3실을 달리 저승이라 부르는 것이 아니요, 감시팀의 요원들을 괜히 저승사자라 부르는 것이 아니다. 엉덩이가 무거운 이들이 움직이면 누군가는 꼭 잘리거나 책임을 지게 되니까.

"아, 오셨습니까."

남자가 눈을 뜨며 몸을 일으켰다.

눈을 뜬 그는 매우 평범한 인상이었다. 그저 오다가다 쉽게 마주칠 수 있는 아저씨들하고 하등 달라 보이지 않았다. 감사팀이라기에 도깨비 같은 눈빛이라도 하고 있을까 했는데, 전혀 아니었다.

"3실에서 나오셨다고요?"

따지자면 이들이 올 이유는 많았다. 일을 하다보면 많은 부분에서 문제가 생기기 때문이다. 그러나 가장 걸리는 일은 아들에 대한 정보를 숨긴 일이다.

하지만 강창석 또한 이 바닥에서 오랜 시간을 일해 온 베테랑이었다. 국내정보 수집팀과 산업 보안팀을 거쳐 요인정보 분석팀의 팀장이 된 인물이었다.

강창석은 흔들림 없는 표정으로, 오히려 눈에 호기심을 가득 담아 3실의 저승사자를 바라보는 여유를 보여주었다.

"네. 잠시 이야기를 나누었으면 하는데요."

남자의 웃는 얼굴과는 달리, 말투나 억양에는 어떠한 감정도 느껴지지 않았다.

"여기서요?"

"아니요. 자리를 옮기죠."

강창석은 앞장서는 남자의 뒤를 따랐다.

두 사람은 멀리 가지 않았다. 바로 옆방, 1200호실로 옮겨 갔다. 미리 준비해 놓은 듯, 방 중앙에 테이블 하나와 의자 두 개가 놓여 있었다.

그렇다고 취조실 같은 분위기는 아니었다. 테이블 위에는 물을 끓이는 전기포트가 있었고 커피, 녹차, 유자차 등의 다양한 차와 찻잔이 놓여 있었다.

남자는 전기포트의 전원을 누르고 엎어져 있던 찻잔을 바로 했다.

"한 잔 하시겠습니까?"

"그러죠."

"커피?"

"유자차로 하겠습니다."

남자는 익숙하게 차를 타며 말했다.

"저는 박재철이라고 합니다."

"이공찬입니다."

박재철이 웃었다.

"박재철은 본명입니다만."

강창석의 얼굴이 처음으로 딱딱하게 굳었다.

"강창석입니다."

요원들끼리도 서로 가명을 쓴다. 그걸 무시하고 본명을 알려줬다는 것은 좋지 않은 일이었다.

딸칵.

물이 끓자 전기포트의 전원이 꺼졌다. 박재철은 찻잔에 물을 부어 스푼으로 젓고는 강창석의 앞에 놓았다.

"제가 찾아온 이유를 짐작하시겠죠?"

어려운 질문이다.

일의 특성상 업무진행 과정에서 문제 발생소지가 많은 것이 정보요원들의 일이었다. 강산의 일도 일이지만, 어쩌면 다른 일로 찾아왔을지도 모르는 상황, 잘못 대답하면 스스로 실토하게 되는 것이나 마찬가지였다.

"글쎄요."

이럴 때는 그냥 모르는 척하는 것이 제일이었다.

자신이 할 수 있는 모든 방법을 동원해서 강산의 정보를 숨겼다. 아니, 정확히 말하자면 보고를 뒤로 미룬 셈이다. 최대한 늦게 발견되도록 말이다.

박재철은 그저 웃었다.

'웃어?'

아니다. 지금 웃은 게 아니라 계속 웃고 있었다. 눈을 뜬 순간부터 지금까지 웃는 얼굴이었고, 말을 할 때도 입가의 미소는 지워지지 않았었다.

항상 웃는 낯으로 살자는 주의일 수도 있었다. 마냥 좋은 사람일 수도 있었다. 이곳이 국정원이 아니고 상대가 3실의 요원이 아니었다면 그리 생각했을 것이었다.

그리고 그것을 깨달은 순간, 박재철의 웃음은 오히려 강창석을 오싹하게 만들었다.

"쉽게 가죠, 강창석 팀장님."

품에서 뭔가를 꺼낸다. 반을 접은 서류봉투였다.

"확인해 보시죠."

봉투를 바로하고 내용물을 확인했다. 입에서 한숨이 흘러나왔다.

"강창석 팀장님. 이제 당신의 입장을 들어보죠."

양손을 깍지 끼고 턱을 받친 박재철의 눈동자가 처음으로 날카롭게 빛났다.

강창석은 서류를 테이블 위에 내려놓았다. 서류는 바로 강산에 대한 내용이었다.

"어떻게 아신 겁니까?"

답을 바라고 물은 것은 아니었다. 그런 걸 설명해 줄 만큼 친절한 사람은 없는 곳이 국정원이었다.

하지만 박재철은 별거 아니라는 투로 말했다.

"요인정보 분석팀은 하나가 아니거든요."

"하나가 아니라고요?"

허탈했다. 분명 이곳으로 발령을 받는 자리에서 국정원 2차장은 하나뿐인 팀이리고 했었다.

무려 차장이 한 말이었다. 그렇기에 철석같이 믿었었는데 그게 아니었다니. 하긴, 여긴 다른 곳도 아니고 국정원이었다. 순진하게 믿은 자신이 바보일 뿐이었다.

'헛살았어.'

대학을 졸업하자마자 국정원에 발을 들였다. 그때부터 지금까지 산전수전 다 겪었다며 자만하고 있었던 것은 아니었는지.

후회는 아무리 빨라도 늦다고 한다. 이렇게 된 이상 책임을 면하지는 못하리라.

'산아.'

중학교 때였다. 아들과 함께 등산을 하며 많은 이야기를 나누었었다.

그때 녀석은 말했었다.

"전 평범하게 살고 싶어요."

"평범하게라."

"부모님 잘 모시고 좋은 여자 만나서 결혼하고 자식 낳고, 돈 걱정 없이 조용히 자유롭게 잘 사는 거요."

"녀석. 뭔 욕심이 그렇게 많아?"

"욕심 아니에요. 전 진짜 그렇게 살 자신 있어요."

"그래, 꼭 그렇게 되라. 나도 아들 덕 좀 보게."

"걱정 마세요."

걱정 말라며 짓던 아들의 환한 미소가 아직까지 뇌리에 남아 있었다.

사람들은 누구나 평범하게 살고 싶어 한다. 그건 자신도 마찬가지였고 부인도 마찬가지였다. 그러나 언제부터인가, 세상에서 가장 어려운 일이 남들처럼 평범하게 사는 거란 소리가 당연한 듯이 돌고 있었다.

결혼하고 아이를 낳고 부모님을 비롯한 가족과 화목하게 사는 삶이 평범한 삶이라면, 지금의 사회에서는 가장 어려운 삶이라고 할 수 있었다.

가장 큰 것은 경제적인 이유다. 어지간한 일을 해서는 결혼은 꿈도 꾸지 못할 일이 되어가고 있었다.

어찌어찌 결혼을 해도 맞벌이를 하면서 아이들에게 신경을 쓰지 못하게 되고, 그것은 가족 간의 유대를 약하게 만든다. 화목한 가정은 그래서 이루기 어려워지고 말이다.

그런 면에서 자신은 행운아였다. 훌륭한 부인을 두었고 알아서 쑥쑥 잘 크는 두 아들이 있었다. 집도 있고 월급도 많았다.

하지만 그는 항상 마음의 짐을 지고 있었다.

가족을 속여야 했고 국가에 매인 몸이었으며 때때로 양심을 팔고 범죄와도 같은 일을 행해야 했다.

모든 것은 국가를 위해서. 그렇게 위인을 삼으려 해도 언제나 목에 걸린 가시처럼 껄끄러운 삶이었다. 그리고 그 속에 자유는 없었다.

아들은 자신과는 다르길 원했다. 진정 자유롭고 평범한 삶을 살기를 바랐다.

하지만 국정원의 레이더에 걸리면 힘들어진다. 특히 강산처럼 엄청난 능력을 보이는 사람들은 특별 관리대상으로 지정이 된다.

물론, 정부의 권고를 받아들이면 남부럽지 않은 삶을 살 수도 있었다. 그러나 그 삶은 결코 평범한, 자유로운 삶이 아니라는 것을 누구보다 강창석 자신이 잘 알고 있었다.

그리고 무엇보다도 강산, 자신의 아들.

녀석은 절대 정부의 간섭을 받아들이지 않을 것이다.

"자, 말씀해 보시죠. 왜 이런 일을 벌이셨습니까?"

그렇기에 모든 것을 걸고 아들을 보호하려 했다. 숨기고 숨겨서 정부에서 그 존재를 모르기를 바랐다. 정부의 어떠한 수작도 통하지 않을 만큼 성공할 아들이라 믿었기에 그때까지 최선을 다해 버텨주려 했었다.

"박재철 씨. 당연한 거 아닙니까?"

"당연하다고요?"

"네. 제 아들이니까요."

그게 아버지인 자신이 해야 할 일이었다.

강산은 청담동에 위치한 5층짜리 빌딩에 들어섰다.

한성실업.

아버지가 근무하는 무역회사다.

지금까지 한 번도 회사에 와본 적이 없었다. 그건 전생에서도 마찬가지였다. 아버지가 그를 회사로 부른 것은 매우 이례적인 일이었다.

위장회사니까 그럴 법도 하다고 생각했었다. 아무래도 평범한 회사와는 분위기가 다를 것이기에 말이다. 그런데 직접 회사를 찾아와보니 상상했던 그런 분위기가 아니었다.

"그러니까 그건 코트라 쪽에서 지원해야 하는 거 아닙니까?"

"한성인데요, 이번에 발주하기로 한 물품들이요. 우선 샘플부터 보내주시겠습니까?"

"태풍으로 인해서 일정에 차질이 생겼습니다. 이틀 정도 입항이 늦어질 거 같습니다만, 네? 아니요, 아닙니다. 화물은 걱정하지 않으셔도 됩니다."

사무실은 시장통을 방불케 할 정도로 정신이 없었다. 파티션 너머로 서류가 오가고 전화기는 다들 귀에 달고 있다시피 한다. 영어, 중국어, 독일어, 심지어 전혀 알아먹을 수 없는 외국어도 들려왔다.

이건 아니다. 아무리 봐도 위장이나 연기라고 하기에는 너무 리얼했다. 상을 주자면 모조리 연기대상감이다. 일말의 어색함도, 의심스러운 눈짓이나 행동도 보이지 않는다.

"어떻게 오셨죠?"

사무실 입구에서 서성이고 있는 강산의 앞으로 퀭한 얼굴의 여직원이 다가왔다. 그녀의 품에는 서류 더미가 한가득이다. 어쩐지 들어주고 싶을 정도다.

"강창석 본부장님을 찾아왔는데요."

"강 이사님이요?"

"미쓰 리! 서류 찾았어?"

"잠시만요!"

여직원은 소리를 빽 지르고 다시 강산을 보며 말했다.

"무슨 일로 오셨죠?"

"제 아버지십니다. 회사로 오라고 하셔서요."

"성함이?"

"강산이요."

미리 언질을 받았던 이름과 일치하자 고개를 끄덕였다.

"어서오세요. 저 안쪽에 본부장실 보이시죠? 그리로 가시면 되요. 제가 지금 좀 바빠서."

여직원은 미안한 기색으로 고개를 살짝 숙여보이곤 몸을 돌렸다.

'흐음. 역시 회사는 다닐 곳이 못 돼.'

모든 회사가 이리 돌아가지는 않을 것이다. 이곳도 항상 이렇게 바쁠 리는 없다. 그래도 역시 싫다.

회사를 다니면 고객이나 거래처를 상대해야 할 테고, 그렇지 않더라도 동료들과 끊임없이 부딪혀야 한다. 아무리 자신의 성격이 좋아졌다고 해도 이런 건 사양이다.

강산은 본부장실 앞에 서서 노크를 했다. 들어오라는 아버지의 목소리에 문을 열었다.

"왔구나."

아버지를 향해 고개를 숙이며 문을 닫았다. 문이 닫히자 시끌벅적하던 사무실의 소음이 음소거 버튼을 누른 것처럼 조용해졌다.

사무실 안에는 아버지만 있는 것이 아니었다.

접객용 소파 상석에는 개량한복을 입은 노인이 있었다. 하얗게 샌 머리카락을 길게 길러 뒤로 질끈 묶은 모습이 잘 어울렸다.

노인의 뒤에는 국정원 3실의 박재철이 여전히 웃는 낯으로 서 있었다. 물론 강산은 그가 누군지 몰랐다.

"인사드려라. 이분은 우리 회사 천종설 대표이사님이시고 뒤에는 수행 비서인 박재철 실장이다."

"안녕하세요. 강산입니다."

깍듯하게 인사하는 강산을 보며 천종설은 인자한 미소를 지었다.

"강 이사한테 이야기 많이 들었네. 일단 자리에 앉지."

강산은 그가 가리키는 자리, 아버지의 맞은편에 앉았다.

"이렇게 직접 보니 아들 자랑이 뻥은 아니구먼. 맨날 지겹게 우리 산이, 산이 하는 꼴이 얼마나 보기 싫던지. 자식 없는 사람은 서러워서 살겠나?"

"대, 대표님."

천종설이 손을 훼훼 내저었다.

"강산 군, 미안하네. 이 친구가 하도 자랑을 해 싸서, 내 오늘 자네를 좀 불러달라고 한 거야. 괜찮지?"

"물론입니다."

어쨌거나 아버지의 직장 상사다. 잘 보여서 나쁠 것은 없었기에 환하게 웃으며 대답했다.

"사진도 참 잘난 녀석이다 싶었는데, 실물이 훨 나아. 이거 직접 보니까 더 배가 아픈걸."

박재철을 제외한 세 사람은 이런저런 가벼운 잡담을 나눴다. 그 대부분이 강창석을 놀리는 내용이었다.

대표라는 직함이 어울리지 않게 소탈하고 농담도 잘하는 사람이었다. 슬하에 자녀가 없다는 천종설은 그래서인지 강산에게 무척 관심이 많아보였다.

"이렇게 아니라, 어떤가. 밖으로 나가서 대화를 나누는 것이?"

"밖이요?"

"내가 요즘 좀 적적했거든. 강산 군이 오늘 하루 말동무를 해줬으면 싶은데."

"바쁘신 거 아닌가요?"

"자네 아버지 월급을 괜히 많이 주는 게 아니야."

짓궂게 웃는 천종설을 보자니 딱히 거절할 이유를 못 느끼겠다. 별다른 약속도 없었고 노인에 대한 인상도 나쁘지 않았던 강산은 흔쾌히 고개를 끄덕였다.

"알겠습니다."

"그럼 강 이사. 내 오늘 자네 아들 좀 빌려가겠네. 자네는 일이 무척, 매우, 대단히 바쁘지 아마?"

한마디로 끼어들지 말라, 이 말이었다. 그렇지 않더라도 회사가 많이 바쁘긴 한 상태였다. 그가 지금 이러고 있는 시간에도 밖에서는 곡소리가 들리는 듯했다.

위장회사라지만, 관리자급 이하는 다들 평범한 사람들이었다. 회사 자체는 제대로 된 회사였고 이곳에서의 수입은 일종의 보너스 개념이었다.

그렇다고 대충할 수도 없는 일이다. 아무것도 모르는 직원들에게는 생계가 걸린 회사이니까.

"하지만 대표님……."

"괜찮아. 오늘은 수다 좀 떨고 싶어서 그래."

천종설은 국가정보원 차장보였다.

국정원장과 각 차장을 보좌하고 차장이 업무를 볼 수 없을 때에 그 직무를 대행하는 위치였다.

강창석은 그가 높은 사람이란 것만 알았지, 박재철을 만나기 전까지는 누군지도 몰랐다. 그저 상관이란 사실만 알고 있었을 뿐이다.

그런 사람이 직접 아들과 대화를 나누려고 한다. 무슨 말을 할지, 무슨 일이 생길지 불안하기만 했다.

하지만 당장 크게 걱정하는 것은 아니었다. 어차피 국정원임을 밝히지도 않을 뿐더러, 그들이 하는 것은 미래에 대한 제시다. 선택은 결국 강산이 하는 것일 뿐, 강제는 없었다.

단지, 지금까지 보아왔던 케이스 중에 3건이 좋지 않았을 뿐이다. 3건이라 해도 그게 자신의 가족과 관련이 되었기에 신경이 곤두섰다.

특별관리대상이 된 사람들은 그만큼 뛰어난 자들이었다. 그렇다보니 자신이 걷고 있는 길에 대해서 의구심을 품게 되는 경우도 있었다.

국정원에 의해서 정해진 진로를 걷는 선택된 사람들. 그들 중에 세 사람은 누군가에 의해 의도된 길임을 느꼈고, 따졌으며, 도망쳤다.

모두 강창석이 발굴해낸 인재였고, 그들은 현재 행방이 묘연한 상태였다.

왜 도망쳤는지 알 수는 없었다. 다른 대부분의 사람들은 삶에 만족했고 그 분야에서 나름대로의 성공 가도를 달렸었기 때문이다.

그래서 지금 당장 강산의 신변이 걱정되지는 않았다. 문제는 이후의 일이었다.

"알겠습니다. 일이 끝나면 연락드리겠습니다."

어차피 둑은 터졌다. 물살이 몰아치면 온몸을 던져 아들의 방패가 되어주면 되는 일이다.

강산이 어떠한 선택을 하든, 강창석은 자신이 할 수 있는 최선을 다하겠다고 다짐했다.

"좋아. 그럼 일어나 볼까?"

천종설이 의미심장한 웃음을 보이며 몸을 일으켰다.

*　　*　　*

강산이 도착한 곳은 남양주시에 위치한 천종설의 저택이었다. 군이 집이 아니라 저택이라 표현한 것은 그 규모가 보통이 아니었기 때문이다.

산 중턱에 지어진 저택은 현대식의 세련된 3층 건물이었다. 얼핏 보면 미술관처럼 보일 정도로 멋지게 지어진 저택의 앞에는 옥외 수영장과 잘 꾸며진 실내 정원도 있었다.

"그럼 내일 뵙겠습니다."

박재철은 인사를 하고 주차장에 세워놓은 자신의 차를 끌고 돌아갔다.

"들어가자."

"네."

천종설은 현관 앞에 서며 주머니를 뒤적여 열쇠를 꺼냈다.

이런 대저택의 현관을 열쇠로 여는 모습이 오히려 신기할 지경이다.

"열쇠로 문을 여는 게 좋아서 말이야."

철컥, 생각보다 커다란 소리를 내며 열쇠가 돌아갔다. 하긴, 대략 한 뼘 정도 크기의 열쇠가 돌아가니 큰 소리가 날 법도 했다.

그런데 말이다.

철컹, 철컥, 키이잉, 티리릭.

이 온갖 잡소리는 뭐란 말인가?

"커흠. 각종 보안장치가 풀리는 소리라네."

"보안장치요?"

"이 열쇠가 이래봬도 전자식이거든. 돌리는 손맛만 아날로그지."

보안장치가 다 풀리자 현관문이 자동으로 열렸다. 그런데 그 두께가 또 상상 이상이다.

"한반도는 휴전 중이잖나. 영 불안해서 말이야. 나름대로 방공호의 역할도 한다네."

방공호뿐만이 아니다. 내진설계는 진도 7의 강진까지도 버틸 수 있을 정도였다.

내부 조명도 기가 막혔다. 사람이 지나가면 실내의 밝기에 따라 어두운 곳은 자동으로 불이 켜졌고, 사람이 없으면 자동으로 꺼졌다.

응접실까지 이어지는 복도에는 곳곳에 초상화가 붙어 있었다. 초상화는 모두 여자였는데, 어린아이부터 아가씨와 노부인의 모습까지 있었다.

"내 마누라네."

"마누라요?"

설마, 저 여자들이 다 마누라였던 건…….

"엄한 상상하지 말고. 잘 봐. 다 닮지 않았나?"

듣고 보니 닮았다. 아니, 확실히 이건 한 사람으로 보였다.

특이한 일이었다. 보통 초상화라 하면 가장 아름다운 시절의 모습이나 마지막 모습을 남기기 마련이다. 그런데 한 사람의 일생을 모두 그려놓은 초상화라니.

"내가 사랑한 단 한 사람이거든. 그래서 그녀의 모든 것을 남기고 싶었어. 이 집을 지은 것도 그녀와 천년만년 걱정 없이 살고 싶었기에 지은 집이야."

그 말을 하는 천종설의 눈에 아련한 슬픔이 맺혔다.

"마지막은 함께 가고 싶었는데. 삶이란 것이 참 뜻대로 되지가 않아."

쓸쓸하게 말한 천종설이 응접실 중앙의 소파를 가리켰다.

"저기 앉아있게. 가볍게 마실 걸 가져오지."

"저, 대표님."

"대표라니. 그냥 할아버지라고 불러."

천종설은 그리 말하고 휘적휘적 걸어 간이 바(Bar)로 향했다. 그의 뒷모습이 어쩐지 쓸쓸해 보였다.

강산은 응접실을 둘러보았다.

"이 집에 혼자 사시는 건가요?"

"뭐, 그렇지."

혼자 살기에는 너무 넓은 집이었다. 청소나 빨래를 비롯해 관리하기가 무척 벅차 보였다.

"가정부도 안 두시고요?"

"마누라 외에는 남의 손을 타는 게 싫어서."

"힘들지 않으세요?"

"어차피 남는 게 시간이야. 그런 면에서 자네 아버지한테 매우 감사하고 있지. 일을 잘해주니까 시간이 많이 남거든."

"이 집을 혼자 관리하신다니, 정말 대단하세요."

"대단하기는 뭘."

천종설이 있는 바에서 달그락 거리는 소리가 들려왔다.

"이 정도야 아무것도 아니지."

"이런 집 사려면 비싸겠죠?"

"생각보다 돈이 좀 들긴 했어. 자네도 열심히 살면 이 정도 집쯤이야."

강산은 미래를 그려보았다. 거대한 저택에서 사랑하는 사람들과 함께 사는 미래를.

어머니가 정원에서 꽃을 가꾸고 아버지는 볕이 잘 드는 서재에서 여유롭게 책을 보신다. 자신과 형은 수영장에서 아이들과 함께 놀아주고 형수와 부인은 음식을 준비하며 그런 자신들을 행복한 웃음으로 지켜본다.

저녁을 먹으며 서로가 서로의 이야기에 귀를 기울이고 집 안 가득 웃음꽃을 피우며 사는 모습, 상상만으로도 그의 가슴이 따뜻해졌다.

"천하를 얻은들, 혼자이면 무엇 할까. 가져갈 수 없는 천하, 놓고 가는 손 안에 온기 하난 남겨야지 않겠나."

법명은 기억나지 않았다. 독행마 진천의 생사를 건 비무행을 잠시나마 가로막았던 소림사의 중이 한 말이었다.

이제는 손 안의 온기로 만족하지 못할 것만 같았다. 그 온기가 가슴에 이르기를 바라고, 또 바라본다.

"참, 자네 기억하고 있는가?"

천종설의 목소리에 상념에서 벗어났다.

기억?

무슨 소리인가 싶어 고개를 돌렸다. 천종설이 양손에 기이한 문양의 목각패를 들고 서 있는 것이 보였다.

"여자와 아이, 노인을 조심해야 한다는 무림의 격언 말일세."

달칵.

두 개의 목각패가 하나로 합쳐지는 순간, 강산의 눈앞이 짙은 안개로 가려졌다. 그 즉시 단전의 내공이 사지백해로 치달기 시작했다.

"그리고 또 하나."

안개 너머에서 또 다시 달칵거리는 소리가 들려왔다. 그러자 하늘과 땅이 뒤집히는 느낌과 함께 그의 감각이 엉망이 되어버렸다.

"무인이 한 명이라도 있다면 그곳이 바로 무림이라는 말도 기억하는지 모르겠어."

달칵, 세 번째 소리가 들렸다.

수없이 많은 진법을 파훼했던 그였다. 어지간한 것은 힘으로 부숴버릴 수 있었다. 그렇기에 여유로웠다.

하지만 그의 여유는 세 번째 소음과 함께 사라져 버렸다.

강산의 단전에 단단한 자물쇠가 채워진 것처럼 내공의 움직임이 뚝 멎어버린 것이다.

'이건… 평범한 진법이 아니다.'

내공의 흐름마저 막을 정도로 고도의 수법은 지금까지 겪어보지 못했었다. 감각을 어지럽히고 속일지언정, 직접적으로 신체에 영향을 끼치기는 대단히 어려운 일이기 때문이다.

어렵다 뿐이던가? 진법을 조금이라도 공부한 이들은 하나같이 고개를 휘휘 저으며 불가능하다고 말할 정도다.

그러나 이런 진법을 만들어낼 만한 사람이 딱 두 사람 있었고, 그중의 하나는 그도 잘 아는 인물이었다.

"무림에서 방심은 금물이지. 안 그런가?"

부인을 너무나 사랑하여 구천귀혼대회진이란 역천의 술법을 만든 진법의 대가.

"천기신뇌 위극소. 당신인가?"

진법을 이용해 환생을 한 자라도 지금과 같은 상황에서는 냉정을 잃기 쉬웠다. 그런데 강산이란 자는 일말의 동요조차 보이지 않고 자신의 정체까지 물어왔다.

확실히 보통 놈은 아니었다. 아마도 중원에서 한자리 차지하던 자가 분명했다.

어쩌면 이야기가 더 쉬울 수도 있겠다는 생각이 들었다.

"위극소라. 오랜만에 듣는 이름이야."

"어라, 진짜 위극소인가?"

천기신뇌는 독행마보다 200여 년 전의 기인이었다. 그가 진법의 힘을 빌려 환생을 했어도 시간의 차이 때문에 만나게 될 거라 생각하지는 못했었다.

하지만 구천귀혼대회진은 그 묘용이 제대로 파악되지 않았었고, 실제로 예상치 못한 결과를 내놨다. 게다가 고수의 감각까지 혼란시키는 진법의 존재에 혹시나 싶어 던진 말이었다.

한마디로 넘겨짚어 봤을 뿐이었다.

"크흠."

천종설이 불편한 기침을 내뱉었다. 강산의 표정에는 정말, 리얼리, 진짜? 라는 감정이 고스란히 드러나 있었다. 그걸 보자니 뭔가 속은 기분이었다.

그러거나 말거나 강산은 느긋하게 응접실 소파 위에 몸을 기댔다.

"날 진법에 가둔 것은 괘씸하지만, 당신의 그 진법 덕분에 여러모로 좋은 일을 겪은 몸이니까 한 번은 참지."

"너, 어떻게!"

천종설은 놀랄 수밖에 없었다. 진의 중앙에 있는 강산의 감각은 혼돈 그 자체, 저리 소파를 찾아 몸을 뉘일 수는 없어야 했다.

"이정도 가지고 뭘. 아예 깨줄까?"

강산이 고개를 들어 천종설을 향해 웃음을 보였다.

아무리 뛰어난 진법이라 해도, 자신의 무공은 중원 마도의 정점에 있는 천마의 무공이었다. 그 패도적인 기운에 강력한 마기를 이용한다면 힘으로 깨는 것은 일도 아니었다.

천종설은 강산의 말이 농담이 아님을 깨달았다.

"그런 힘을 가지고 용케 조용히 살고 있었구나."

"당연하지. 전에는 괜히 날뛰다가 전부 잃었거든."

"전이라고?"

"당신이 만든 진법 말이야. 두 사람이 만나지 못하면 회귀시키는 거 같더군. 정말 대단한 진이야."

강산의 말이 천종설의 마음을 뒤흔들었다. 거친 파문을 일으키며 솟구치는 감정은 분노였다.

"너구나."

"나?"

"그래. 전생에 한반도를 발칵 뒤집었던 개잡종이, 바로 너였구나."

으드득, 이 가는 소리가 우렁차다. 순간적으로 노인치고 치아 관리는 제대로 했나보다, 라는 엉뚱한 생각이 들었다.

"에이, 설마. 당신도 두 번째인 거야?"

두 번째냐는 물음에 천종설의 얼굴이 시뻘겋게 달아올랐다.

"이, 이노옴!"

그는 자신의 부인을 위해 하늘의 섭리를 위배하는 진법을 만들었다. 그리고 그 진법은 제대로 발동했고, 자신은 이전의 기억을 가진 채로 환생을 했다.

새로운 세상에서 아기 때부터 살다보니 적응에 문제는 없었다. 오히려 체계적이고 과학적인 현대 학문들을 마주하며 연구하고 탐구하는 재미에 푹 빠져 살았었다.

그런데, 그렇게 살다보니 부인을 잊고 말았었다. 부인을 떠올렸을 때에는 이미 그의 나이가 환갑을 바라보고 있었다.

과연 살아 있을까? 이미 늦은 것은 아닐까?

그때부터 정신없이 그녀를 찾기 시작했다. 호호백발이 되었어도 좋았다. 찾을 수만 있다면, 살아만 있다면 기회는 다시 만들 수 있었다.

그런데 결정적인 순간에 녀석이 나타났다.

대한민국 전역이 전쟁터로 변했고 수많은 사람이 싸움의 여파에 휘말렸다.

부인을 찾아야 하는 입장에서 그냥 두고 볼 수가 없었다. 하지만 녀석의 무공 수위는 절대고수, 그 이상으로 보였다. 어쩌면 전설로만 전해지던 신화경이라는 경지일지도 몰랐다.

현대에서 배운 지식과 중원의 지식을 총 동원했다. 결국에는 그의 발목을 붙잡을 수 있었고 그 일대를 현대의 무기로 초토화시킨 후에야 죽일 수 있었다.

"이미 돌이킬 수 없는 강을 건넌 상태였다. 부인이 살아있을 거란 생각 자체가 힘들었지. 그래서 네놈을 죽이고 나도 죽을 생각이었다. 그런데 다시 정신을 차린 것은 21년 전, 그래, 네 말대로 나 또한 회귀를 했다."

그 이후로 가만히 있을 수 없었다. 부인을 찾아야 했고 미처 날뛸 환생자를 미연에 잡아서 죽이든, 설득하든 해야 했다.

그래서 자신의 능력으로 권력의 중추에 다다랐고 인재 관리란 허울로 환생한 것으로 의심되는 자들을 찾았다.

그가 찾은 자들은 총 12명. 대부분이 그저 사랑하는 이와 내세에서도 이루어지길 바랐던 평범한 사람들이었다.

하지만 그중에 3명, 그들은 무림인이었고 다른 욕심이 있는 자들이었다.

사람은 누구나 잘 살고 싶은 욕망이 있다. 천종설은 그것을 무시하지 않았다. 최대한 그들에게 잘살 수 있는 기회를 줬다. 단지, 힘에 대한 책임이 크다는 것만 명심하게 만들었다.

그런데 그 3명이 엉뚱한 짓을 했다. 그가 만들어준 길을 벗어나 무공을 이용해 세력을 일구려 했다.

천종설은 끔찍한 일이 또다시 벌어질까봐 3명의 무림인을 단죄해야만 했다.

"아직까지 부인을 찾지 못했다. 그런 상황에서 회귀 전의 끔찍한 일이 반복되게 둘 수는 없었어."

집 안에 사진이 아닌 초상화가 걸려 있는 이유가 그것이었다. 찾지 못했기에, 과거의 기억을 더듬어 직접 그린 초상화였다.

"난 네가 정신이 제대로 박힌 놈이라고 생각했다. 뛰어난 능력을 보였지만 사회의 테두리 안에서 움직였기 때문이다. 그런데 네가 그놈이었다니."

듣다보니 강산의 입장에서도 기분이 나빴다.

결국 자신을 죽인 놈이 저놈 아닌가? 그런데 지금 또다시 자신을 죽이려 하는 것인가?

"어이, 영감탱이."

자신의 잘못도 있었다. 마구잡이로 힘을 휘두른 것은 어쨌든 자신이었으니까.

그래도 이건 아니었다. 감히, 누굴 두 번이나 죽이려 드는 건가?

"그래서, 지금 또다시 날 죽이겠다고?"

강산은 몸을 일으켰다.

스으으읍, 한 호흡을 들이키자 단전의 내공이 미친 듯이 요동쳤다. 요동치던 내공이 자신을 구속하던 진법의 기운에 이를 드러냈다.

쩡! 하는 소리가 들린 것은 단지 착각만은 아니었다. 단전을 감싸고 있던 진법의 힘이 순식간에 깨져 나갔다.

거칠게 전신을 치닫기 시작한 내공, 눈앞의 안개가 흐릿해지며 분노에 전신을 떨고 있는 천종설이 보였다.

"나, 지금 삶이 상당이 마음에 들거든? 그래서 방해받고 싶지 않은데 말이야."

강산의 눈에서 지옥불처럼 타오르는 마기가 흘러나왔다. 그 마기는 곧장 천종설의 육신을 압박하기 시작했다.

하지만 천종설도 만만치 않았다. 절대고수의 존재에 대해서 항상 경계해 왔던 그는 꾸준히 무공을 갈고 닦아왔다.

"갈!"

일갈을 터트리며 압박해 오던 마기에 대항했다. 보이지 않는 기운이 두 사람 사이에서 치열하게 부딪히고 있었다.

파앗―

진법마저 깨지고 온전히 대치하게 된 강산과 천종설. 그야 말로 일촉즉발의 상황이었다.

"영감탱이. 난 말이야, 조용히 잘 살고 싶었다. 그런 날 건드린 건 당신이란 말이다."

그러니까 왜 긁어 부스럼을 만들어? 응?

강산의 말에 천종설의 머리가 차갑게 식었다.

이러려고 그를 데려온 것은 아니었다. 중원에서 환생한 사람인지, 누구인지 알아본 후에 잘 타이를 생각이었다. 사고치지 말라고, 적당히 살라고.

그런데 기껏 불러와서는 오히려 사고를 치게 자극해 버린 셈이 되었다.

더욱 거세어진 압박에 천종설의 이마에 땀방울이 송글송글 맺혔다. 자신의 실수도 실수지만, 그의 자존심은 쉽게 물러설 수 없도록 만들고 있었다.

꽉 다문 입술 사이에서 신음이 흘러나오려 했다. 숨이 막혀오고 다리가 후들거리기 시작했다.

그런데 그때였다.

떵― 동―!

저택 안을 울리는 기다란 벨소리. 그 소리를 들은 천종설의 입가에 여유가 생겨났다.

"자네 아버지가 온 것 같군."

강산에 대한 보고서를 보자면 가족을 무척 아끼는 모양이었다. 그런 아버지 앞에서 사고를 치지는 않으리라.

강산의 표정이 딱딱하게 굳어 있었다. 금방이라도 전신을 뭉갤 것처럼 압박하던 마기도 주춤거렸다.

"우리, 말로 하는 게 어떻겠나? 본의 아니게 내가 흥분했네만, 자네와 대화를 하기 위해 자리를 마련한 것이었지, 잘잘 못을 따지려는 건 아니었다네."

비겁한가? 비굴해 보이는가?

아니다. 천종설은 전혀 그렇게 생각하지 않았다.

그는 부인을 찾아야 했다. 이렇게 허무하게 죽을 수는 없었다. 부인을 찾는 동안, 강산 같은 강자가 사고치지 않고 조용히만 있어주면 되는 일이었다.

그것만 잘 이야기 되면 불만은 없었다. 목적을 위해서 고개를 숙이는 일쯤이야, 살만큼 산 그는 얼마든지 할 수 있었다.

띵— 동—

재차 벨이 울렸다.

"자, 그럼 이쯤에서……."

갑자기 마기가 폭증했다. 강산이 다가온 것이다. 천종설은 뭐라 입을 뗄 수조차 없었다. 금방이라도 심장이 멈출 것처럼 고통스러웠다.

"경고하는데."

강산의 입장에서는 그냥 넘어갈 수 없었다. 사실 깔끔하게 살인멸구를 하고 싶은 마음도 굴뚝같았다. 그의 목숨을 취하고 아버지의 눈을 피해서 저택을 나서는 건 일도 아니었다.

더구나 눈앞의 노인은 전생에서 자신의 죽음에 결정적인 공헌을 한 자였다. 그런 짓을 또다시 하지 않으리란 보장도 없었다.

하지만 눈앞의 노인은 그저 자신의 부인을 되찾고 싶은 것뿐이었다. 그렇기에 지금의 세상을 망치는 자가 나타나지 않기를 바라는 것이었다.

역천의 진법을 만들 정도로 부인을 사랑했던 사람이다. 예전이라면 그런 마음을 이해하지 못했을 것이다. 그러나 이제는 조금, 그 사랑이라는 게 무엇인지 알 것 같았다.

"더 이상 나에게 관심 갖지 마라. 그렇지 않으면 확, 전생보다 더 심각하게 날뛰어 줄 테니까. 이미 겪어봤기에 전과 같은 방법은 나한테 씨알도 먹히지 않을 거라는 거, 명심하고."

강산의 손이 천종설의 어깨를 툭툭 두드렸다.

"그리고 천마, 알지?"

노인의 눈이 커다래졌다. 경악과 놀라움이 역력한 눈이었다.

"내가 그 전인이거든."

천마.

천종설은 누구보다 천마에 대해서 잘 안다고 자부했다. 그가 젊은 시절, 천마는 이미 마도를 일통하고 천하제일에 오른 절대강자였으니까.

"이제 수습할 시간이다."

강산이 씨익 웃으며 마기를 거뒀다. 천종설이 크게 숨을 들이켜며 비틀거렸다. 강산은 비틀거리는 그를 잡아주었다.

"할아버지. 앞으로는 사랑하는 사람 찾는 일에만 신경 쓰시길 바랍니다. 아시겠어요? 나 건들지 말라고요."

천종설이 천천히 고개를 끄덕였다.

* * *

강산은 오랜만에 베란다에 나와 밤하늘을 올려다보았다. 그의 손끝은 베란다 난간을 규칙적으로 두드리고 있었다.

톡, 톡, 톡

정말 열심히 평범하게 살기 위해서 노력했다. 그저 남들 하는 만큼만 했을 뿐이다. 그 결과가 조금 뛰어났을 뿐인데, 뭐가 이렇게 꼬이는지.

어차피 이렇게 된 거, 좀 더 적극적으로 해봐? 전생에 날 죽인 놈이 누군지도 확인했겠다, 더 이상 거리낄 것도 없잖아?

운동도 하고, 사업도 하고, 정치도 해봐?

막말로 살인 같은 막장 짓만 안 하면 되는 거 아닌가?

아니다, 아니야. 그래도 정치는 좀… 그런 골치 아픈 건 지겸이가 알아서 하라고 하자.

　우우웅―

　폰이 울었다. 하윤이다.

　아차, 전화해 주기로 했었는데.

　"어, 하윤아."

　―어디야?

　"집. 미안하다, 전화한다는 걸 깜빡했네."

　―…응, 그래. 집이구나.

　"응? 기분 상했어?"

　―아냐.

　"에이, 아닌 거 같은데?"

　―진짜 아니야.

　"그래? 흐음. 어쩐다. 기분 상했으면 내일 풀어줄까 했는데."

　―상했어.

　바로 말을 바꾸는 하윤이. 강산의 입가에 미소가 흘러나왔다.

　"그래? 우리 하윤이 맘 상했으면 풀어줘야지. 내일 영화 보러 갈까?"

　전화를 끊은 하윤은 한동안 멍하니 폰을 바라보았다.

　미안하다고? 영화를 보자고?

시간이 흐를수록 그가 변해간다. 말하는 것도, 행동하는 것도.

설마 바람피워서 그러는 건?

고개를 세차게 흔들었다. 그건 아닐 거다. 만약 바람을 피운다면 서경이 언니도 가만있지 않을 테니까.

쿡, 웃음이 입 밖으로 툭 튀어나온다. 얼굴이 발갛게 변한 하윤이 침대로 몸을 던졌다.

오늘은 정말 잠이 잘 올 것 같았다.

기분이다. 내일은 서경이 언니도 불러야지.

5장
강산의 첫걸음

강산은 침대 위에 누워 멍하니 천장을 올려다봤다.

부모님은 모처럼 부부동반 모임에 가셨고 형은 학교 도서관에서 살고 있다. 하윤이도 서경이와 함께 세미나에 갔다. 다른 녀석들이야 알 바 없고…….

그 덕에 모처럼 혼자 맞는 주말.

'할 일이 없네.'

넘치는 내공을 학업정진에 쏟아 부은 결과, 이미 할 만큼 해놓아서 더 공부할 것도 없었다. 남들이 들으면 부러워 죽을 일이지만, 사실이 그런 걸 어찌할까.

어쨌든, 지금 강산은 이룬 자의 여유를 한껏 부리며 게으름을 피우고 있었다.

뒹굴뒹굴.

침대 위에서 좌우로 구르다가 바닥으로 떨어졌다. 그대로 굴러 문지방까지 갔지만 문턱에 걸려 나갈 수가 없다.

"……."

무릎을 굽혀 발바닥을 바닥에 닿게 하더니 상체가 스윽, 하고 허공에 뜬다. 무림에서 흔히 철판교라고 하는, 상체를 뒤로 젖혀 공격을 피하는 그 수법이 방을 나서는데 쓰이고 있었다.

상체가 두 뼘 정도 허공에 뜬 채로 발만 움직여 방을 나왔다. 누가 본다면 공포영화를 떠올리며 놀라거나 서커스 묘기라며 손뼉을 쳤을지도 모를 광경이다.

하지만 아쉽게도 오늘은 관중이 없는 날이다.

강산은 철판교로 방 밖으로 나와 다시 털썩 몸을 눕혔다.

뒹굴뒹굴, 열심히 굴러서 소파 앞까지 갔다. 하지만 소파는 굴러서 오를 높이가 아니다.

그러나 그가 누군가?

탁!

가볍게 한 손으로 바닥을 친다. 몸이 공중에 휙 뜨더니 빙글 돌며 소파 위에 안착, 오른손으로 얼굴을 받치고 옆으로 누워 이번에는 리모컨을 찾았다. 저만치 떨어져 있는 리모컨. 거기까지 움직이기 귀찮아 손을 뻗었다.

"와라."

둥실, 리모컨이 공중에 뜨더니 손 안으로 빨려든다.

허공섭물이 아닌, 허공섭리모컨!

보는 사람이 없다고 마음껏 무공을 펼치는 강산이었다. 비록 그에겐 별거 아닌 잔재주지만 나름대로 내공을 쓰며 움직이니 괜찮은 기분이었다.

"후후."

나직하게 웃음을 터트리고 TV채널을 이리저리 돌리며 무료한 주말을 달랬다. 나름대로 재밌게 보던 러너맨 재방송을 하기에 채널을 고정했다.

한동안 방송을 보던 강산의 입가에 가볍게 걸려 있던 웃음이 사라졌다. 머리를 받쳤던 손을 치우고 팔베개를 한다.

그걸로 안 되겠던지, 몸을 일으켜 가부좌를 틀고 한 손으로 전신을 지탱하며 TV를 봤다. 별로다. 이번에는 한 손으로 물구나무를 서며 화면을 봤다.

소파가 한 손에 집중된 하중을 지탱하지 못하고 움푹 들어간다. 그래서 이번에는 경신법으로 몸을 가볍게 했다. 서서히 올라오는 소파의 모습에 그제야 흡족한 미소를 짓는다.

하지만 그것도 잠시, 이내 몸을 바로하고 소파 위에 털썩 앉았다.

강산의 입에서 옅은 한숨이 흘러나왔다.

다시 태어난 이후로 항상 혼자가 아니었다. 곁에는 친구들이 있었고 부모님과 형이 있었다. 오늘처럼 아무도 없는 집에 혼자 있어본 적이 있었던가?

"처음이군."

그래, 처음이었다. 비상한 기억력을 되짚어 보니 한 번도 혼자였던 적이 없었다.

평소에는 신하윤이 있었고 집에는 부모님과 형이, 어딜 가도 친구들이 곁에 있었다. 얼마 전까지도 정신없이 대회며, 뭐며 나가는 통에 항상 사람들과 부대껴 왔다.

혼자가 편했었는데, 이제는 혼자 있으려니 심심하고 적적했다. 겨우 반나절도 되지 않아 사람의 온기가 그리워질 줄은 몰랐다.

사람들의 마음을 받아들였다. 그러자 외로움은 그리움이 되었다. 외로움은 고통이었던 반면, 그리움은 행복이었다.

행복.

자신이 받아도 되는 건지 의문이 들었다. 하지만 그 의문은 곧장 지워졌다.

이전에 수많은 사람들의 생명을 앗아갔던 그였지만, 회귀를 하면서 일어나지 않은, 그리고 일어나지 않을 일들이 되었다. 그의 가족을 앗아갔던 자들도 지금은 아무런 상관도 없는 자들일 뿐이었다.

그들을 단죄하기엔 지금이 너무도 소중했다. 괜한 분란은 또다시 이전의 잘못을 반복하게 만들 뿐이다.

얼마 전에 만났던 천기신뇌, 지금은 천종설이라 불리는 자를 용서한 것도 그런 맥락이었다. 만회할 수 있는 기회가 주어졌기에 참았었고, 용서할 수 있었다.

그리고 천종설에게는 충분히 알아듣게 말한 셈이다. 내 가족과 소중한 사람들을 건드리지만 않는다면 괜찮다는 뜻을 보였으니까.

"쇼핑이나 가볼까."

생각하다 보니, 가족들에게 무언가를 선물하고 싶어졌다. 다른 때처럼 평범한 선물이 아닌, 뭔가 특별하고 좋은 것을 해주고 싶었다.

강산은 자리에서 일어나 백화점으로 향했다.

그래, 이왕 하는 거 명품을 사드리자.

돈에 구애받는 삶은 살아본 적이 없는 강산이었다. 중원에서는 필요하면 무엇이든 가질 수 있었고, 현생에서는 딱히 돈을 많이 쓸 일이 없었다.

그래서 돈 씀씀이에 대해서는 그다지 고민한 적이 없었다.

"그걸로 하죠."

어머니를 위해 토트백 하나를 샀다. 때마침 영국의 유명한 브랜드인 스마이슨이 입점했다기에 제일 좋아 보이는 걸로 구입했다. 가격은 450만 원.

"시계는 어디로 가야 하죠?"

직원이 알려준 곳으로 가보니 쇼파드 매장이었다. 스위스의 유명브랜드로 강산은 아버지를 위해 500만원 정도하는 시계를 구입했다.

형을 위해서는 구두를 구입했다. 페라가모 70만 원짜리.

약 1,000만 원을 들여 선물을 구입한 강산은 뿌듯한 얼굴로 집으로 돌아왔다. 그리고 그 뿌듯한 얼굴은 부모님이 퇴근하신 그날 저녁에 지워져야만 했다.

*　　　*　　　*

강산은 돈이 궁하지 않았다.

아버지가 강산의 명의로 매입한 빌딩의 임대수익만 해도 다달이 300만원이 조금 넘는 순수익을 냈다. 현재 그의 통장에는 대략 7천만 원 정도가 들어 있었다.

그중에서 천만 원을 썼다. 그 정도는 가족들을 위해서 충분히 쓸 수 있는 돈이라고 생각했다. 오히려 더 좋은 걸 구입하지 못한 게 아쉬울 정도였다.

그런데 집에 들어오신 아버지와 어머니는 그렇게 생각하지 않는 모양이었다.

"아들. 그러니까 이게 선물이라고?"

"예."

"명품 백에 명품 시계, 명품 구두까지. 다 네가 산거라고?"

"모처럼 좋은 거 해드리고 싶었습니다."

어머니의 표정이 어두워졌다. 그것은 아버지도 마찬가지였다.

이해가 가지 않았다. 명품이라면 갖지 못해 안달인 사람들이 널려 있을 텐데, 아들이 선물한 것을 가지고 왜들 저러시는 건지.

"산아. 오해하지 말고 들어라."

아버지가 헛기침을 하시더니 천천히 말씀하셨다.

"네가 우릴 위해서 선물을 해준 것은 고맙게 생각한다. 공부도 잘하고 지금까지 말썽 한 번 부리지 않아서 정말 감사하게 생각해. 하지만 말이다. 오늘은 좀 실망스럽구나."

"실망이요?"

"이거 사는데 얼마나 들었니?"

"천만 원 정도요."

"천만 원이 뉘 집 개 이름이냐?"

"네?"

"땅 파면 나오는 게 천만 원이냐? 대체 이렇게 비싼 게 왜 필요한데? 생각해 봐라. 가방 이거 좋은 거, 십만 원이면 사. 네 엄마 가방은 홈쇼핑에서 7만 원에 산 건데 지금 7년째 잘만 쓰고 있다. 시계? 요즘 시계가 왜 필요하니? 휴대폰 있잖아. 구두도 그래. 국내 브랜드로 10만 원 선에서 사면 질 좋고 괜찮은 거 얼마든지 살 수 있다. 내 말 이해하겠니?"

아버지의 말대로 굳이 비싼 걸 살 필요는 없다. 그러나 비싼 건 그 값어치를 한다. 끌고 다니는 차 하나로 대우가 달라지는 대한민국에서 명품 한두 개 정도는 가지고 있는 게 좋았다.

"아버지. 그래도 좋은 거 몇 가지는 가지고 계시는 게……."

"품위는 스스로 만드는 거다."

그랬다. 아무리 좋은 명품으로 몸을 치장해도 사람이 경망되고 멋대로라면 헛된 일이다.

중원에서도 실력 없는 녀석이 보검이나 신검을 들고 다닌다고 알아주는 것은 아니었다. 살인마가 스님의 가사를 입는다고 만인의 존경을 받는 것도 아니었다.

강산이 그런 것을 모를 리가 없었다. 하지만 현대 사회에서 살다보니 은근히 사람들의 시선을 신경 쓰게 되었다.

자신에 대한 시선이 아니다. 내 가족이, 내 친지가 남들에게 무시받지 않게 해주고 싶었다.

이번에는 이선화가 나섰다.

"아들, 다 좋아. 분명 우리 집은 여유가 있고 이 정도 사는 거야 괜찮을 지도 모르지. 하지만 그런 식으로 돈을 쓰는 건 바람직하지 않아. 우리 아들이 원체 잘해서 당연히 돈도 규모 있게 쓸 거라 생각했었는데, 돌이켜 보니 엄마랑 아빠가 잘못한 거 같다."

사람은 누구나 나이가 들면 부모의 품을 떠나 독립할 시기가 다가온다. 강산도 언젠가는 그리될 것인데, 이런 식으로 경제적 관념에 바람이 들면 자신들이 없을 때 어찌할지 염려스러웠다.

사실 지금까지 아들을 너무 품 안에 넣고 살아왔다는 생각도 들었다. 뭐든지 잘하니 그저 곁에 두고 보살펴 주고 싶었다.

하지만 그게 얼마나 잘못된 욕심인지 잘 알고 있었다. 자식이 죽을 때까지 돌봐줄 수 있는 것도 아니기 때문이었다.

"돈을 버는 것만큼이나 돈을 잘 쓰는 법도 중요해. 개같이 벌어서 정승처럼 쓰라는 말도 있잖니. 물론 정말 개같이 돈을 벌기를 바라는 건 아니고. 알지?"

"네."

아들의 대답에 이선화가 미소를 지었다. 하지만 그 미소는 이어지는 말 속에 빠르게 수그러들었다.

"그렇지 않아도 아빠랑 고민을 많이 해봤어. 솔직히 엄마 마음은 그러고 싶지 않지만……."

"여보."

강창석이 부인의 손을 잡았다.

"알아요, 알아. 좀 늦었다는 것도 잘 알고 있어요. 하지만 엄마 마음이 그렇지 않다는 거 알잖아요."

사자는 자식을 벼랑 끝에서 던진다고 한다. 자식을 강하게 키우기 위함이다. 그에 반해 이선화는 아들을 너무 품에 안으려고 했다.

그것이 오늘의 일을 만들었다. 천만 원이면 학생에겐 큰돈인데, 그것을 아무렇지도 않게 사치품을 사는데 써 버렸다.

"사람이 무언가를 배울 때에는 직접 겪는 게 제일 좋아. 그래서 산아."

"네."

"한 번쯤은 너도 우리 보살핌 없이 혼자 살아봐야 한다고 생각한다."

"네?"

"졸업반이 되면 바쁠 테니까, 그 전에 자취를 한 번 해봐. 1년 정도 혼자 살아보란 소리야."

이게 무슨 소리인가?

가족의 곁에서 떨어져 사는 것은 달갑지 않은 일이었다. 해외로 나가는 것도 가족 때문에 하지 않았었다. 그런데 갑자기 혼자 살아보라니?

어리둥절한 강산의 모습에 강창석이 나섰다.

"혼자 살면서 돈을 관리해 보란 말이다. 단, 건물임대수익은 논외로 치고 큰 상금이 걸린 대회를 나가는 것은 안 된다. 다른 학생들처럼 평범한 아르바이트로 1년만 살아봐. 1년 동안은 우리한테 손을 벌려서도 안 된다. 나름대로 사회 경험이라 생각해라."

아들에겐 사회 경험도 필요했다. 아무리 스포츠로 돈을 번다고 해도 사람들과 어우러져 일을 해보는 것도 중요한 경험이었다.

특히 단체 생활 같은 걸 꺼려하는 아들에게는 더더욱 필요한 일이었다.

"아버지. 그건⋯⋯."

"한 번쯤 해볼 만한 일이야. 경험해 본다 생각해. 너한테 필요한 일이라고 생각되니까. 첫 달 생활비는 지원해 주마. 그 이후로는 자력으로 살아봐라."

훗날, 아들이 승승장구할 거라 믿어 의심치 않는 강창석과 이선화였다. 그렇기에 그전에 올바른 경제적 가치관과 사회 경험을 겪게 해주고 싶었다.

지금까지 강산은 너무 쉽게 돈을 벌었다. 타고난 운동실력으로 10억이란 큰돈을 손에 쥐었으니, 돈을 우습게 여길지도 모른다는 걱정을 하긴 했었다.

하지만 지금까지 그런 모습을 보인 적은 없었다. 딱히 돈을 직접 쓸 일도 없었고 곁에 있는 하윤이가 워낙에 알뜰한 아이라서 허투루 돈을 쓰게 만들지도 않았었다.

그런 이유로 심각하게 생각하지 않고 있었는데, 오늘 선물이라고 사온 것들을 보니 접어두었던 걱정이 슬그머니 올라왔다.

부모님의 걱정이 무엇인지 잘 알겠다. 자신도 돈에 대한 개념이 희박하다는 것을 인정하는 바였다.

중원에서도, 회귀 전에도 필요한 게 있으면 쉽게 가졌었다. 그만한 무력이 존재하니 딱히 돈을 벌겠다는 생각도 없었다.

이번에는 나름대로 스포츠를 통해 돈을 벌려 했지만, 부모님의 말씀대로 사회를 겪어보는 것도—1년 정도라면—괜찮겠다 싶었다.

"알겠습니다."

그렇게 강산의 첫 독립이 시작되었다.

돈 씀씀이에 대해서 깊게 생각해 본 적은 없었다. 그러나 막상 생활비를 계산하고 알바 자리를 알아보니 만만치가 않았다.

강산은 학교 근처에서 깔끔한 풀옵션 원룸을 얻었다. 거실 겸 주방이 따로 되어 있는 분리형 원룸이었다.

보증금 조정까지는 허락해 주셨기에 월세 35만 원으로 계약할 수 있었고 관리비는 5만 원, 전기세와 수도세를 합하면 45만 원 정도가 지출될 예정이었다.

식사는 학교 식당을 이용하면 된다. 메뉴는 1,700원부터 4,500원까지 다양했기에 한 달 40만 원이면 넉넉했다.

기본적으로 월세와 식비 85만 원에 휴대폰을 비롯한 생활비 30만 원까지 포함하면 약 120만 원이 든다. 만약을 대비해 높게 책정한 금액이다.

120만 원씩 1년이면 1,440만 원이다. 등록금이 1년에 약 700만 원이니, 이것만 합해도 2천만 원이 넘는다.

그런데 알바자리를 알아본 결과, 평일 저녁 시간대와 주말에는 풀타임으로 뛰어야 150만 원 이상을 벌 수 있었다. 그것도 서빙이나 배달 같은 일들이었다.

열심히 해서 200만 원 정도를 번다손 쳐도, 1년에 2,400만 원. 얼추 감당이 가능한 액수처럼 보이지만, 그렇게 일하면 공부는 언제 하는가?

학업도 학업이지만, 더 심각한 것은 기본적인 스펙 쌓기다. 취업을 위한 스펙을 쌓으려면 또 돈이 필요한 경우가 많고, 그러다 보면 달에 200을 벌어도 모자랄 지경이다.

개천에서 용 난다는 이야기가 정말 옛이야기일 정도로 현실은 만만치 않았다. 부모님의 도움이 없다면 남들 다 가는 대학이라는 말이 안드로메다만큼이나 동떨어진 다른 세상 이야기가 되는 거였다.

확실히 그러한 현실적 상황을 이해할 수는 있게 되었다. 자취하는 목적이 경제적 감각을 기르기 위함이라면 시작도 하기 전에 반은 이룬 셈이었다.

하지만 대충할 생각은 없었다. 일도 해보고 자취란 것도 제대로 해볼 생각이었다.

강산은 적당한 알바를 찾던 중, 지녁 6시부터 새벽 2시까지 하는 호프집 일을 택했다.

"알바가 처음이라고?"

"네."

"전혀, 아무런 알바도 해본 적이 없어?"

"네."

사장이 살짝 곤란한 표정을 지었다. 다른 아르바이트라도 해봤으면 괜찮을 텐데, 아무것도 해본 적이 없다니 불안했다. 말하는 것도 너무 단답형이다.

"월급은 얼마를 생각하고 왔는데?"

"170이라고 되어 있더군요."

"그건 경력자고. 초보자는 120부터야."

"일만 잘하면 바로 올려줄 수도 있다던데요."

"물론 그렇지. 그건 내가 확실하게 약속할 수 있어. 그만한 능력을 보여주면 첫 달부터도 올려줄 의향은 있지."

능력만 있으면 얼마든지 올려준다. 그게 하우스펍 사장, 신재하의 경영 철학이었다.

게다가 일하는 사람에 대한 대우도 좋아서 어지간한 알바생들은 오래 일하는 곳이기도 했다.

"한 달 안에 170 주실 생각이 들게 해드리겠습니다."

"흐음."

자신감 가득한 미소를 짓는 걸 보니, 아주 무뚝뚝한 녀석은 아닌 것 같았다. 외모도 준수하다 못해 모델인가 싶을 정도였다.

이 정도면 생각보다 여성 고객들도 많은 가게 매출에 영향을 줄 수도 있었다. 손해 볼 일은 없었다. 잘하면 그만큼 대우해 주면 될 일이고, 못하면 그것대로 해주면 되는 일이니까.

무엇보다 하우스펍은 인근 호프 중에 가장 장사가 잘 되는 곳이다. 일주일 이내에 그만두지 않는다면, 그것만 해도 남는 장사다.

"좋아. 젊은 친구가 그 정도 패기는 있어야지. 내일부터 나올 수 있겠어?"

다음 날, 강산은 강의가 끝나고 하우스펍으로 향했다. 사장에게 인사를 하고 가게에서 제일 오래 일했다는 사람을 통해 일을 배우기 시작했다.

남자는 강산이 오자마자 일부터 가르치기 시작했다.

"테이블은 여기부터 순서대로 1, 2, 3……."

테이블은 120개가 있었다. 바 형태의 개인석부터 테이블 형태의 단체석까지 갖춘 가게의 규모는 확실히 컸다.

"바로 다 외울 수는 없을 거야. 하지만 천천히 하면 금방 익숙해져. 처음 출근하면 각 테이블에 넵킨 확인부터 하면 되고 청소는 따로 하는 분이 계시니까 대충 눈에 보이는 것만 치우면 되고."

중원에서 비무를 하거나 생사결을 벌일 때에는 그냥 검을 휘두르지 않았다. 항상 적에 대한 자그마한 습관, 버릇까지

짧은 시간에 파악하고 다음 움직임을 예상해야 한다.

나와 상대의 간격, 팔다리, 병장기의 길이 등을 본능적으로 재고 행동 범위를 예측, 최단거리의 공격 경로까지 계산했다.

강산은 일을 함에 있어 그런 식의, 적을 대한다는 마음가짐으로 임했다. 최고의 알바생이 되는 것을 적을 처치하고 승리하는 일로 생각했다. 그를 위해 익숙한 방식으로 행동하는 것은 당연했다.

그렇기에 이미 강산의 뇌리에는 테이블의 위치와 번호, 최적의 동선까지 새겨졌다. 그건 고수로서의 당연한 심리였다.

"그리고 손님을 대할 때는 항상 웃어. 욕을 먹어도 웃어야 하고 손님이 지랄을 떨어도 웃어야 해. 그러다가 진짜 개진상일 경우에는 때릴 수도 있어. 그러면 어떻게 해야 할까?"

"피하면 되죠."

"응? 피해?"

일을 가르쳐 주던 남자가 웃음을 터트렸다.

"물론 피할 수 있으면 피하는 게 최고지. 하지만 그게 마음대로 되냐? 어쨌든 손님이 때리면 맞아. 절대 열 받는다고 같이 싸우면 안 돼. 그리고 바로 경찰에 신고해서 깽값이나 받아내는 게 최고야."

일을 가르쳐 주는 남자, 정지석이 이런 말을 괜히 하는 것이 아니었다.

강산에 대한 첫인상이 '운동 좀 했나보다'였다. 그런 녀석들은 대게 누가 싸움을 걸어오면 마주 주먹을 날린다.

밖이라면 상관없었다. 그런 일이 벌어진다면 구경부터 하고 말 일이다. 그러나 이곳은 가게였고 정지석은 자신의 일을 좋아했다.

언젠가는 하우스펍 같은 큰 가게를 갖는 것이 그의 꿈이었다. 특히 사장인 신재하는 여러모로 배울 부분이 많은 사람이었다. 그 밑에서 앞으로 몇 년은 더 일하고픈 그였기에 불미스런 일이 일어나는 것은 사양이었다.

"대충 다 알려준 거 같네. 나머지는 차차 배워가도록 하고, 뭐 궁금한 거 있어?"

"네."

"말해 봐."

"누구세요?"

"응? 아, 미안. 내 소개를 안 했구나. 좀 있으면 손님들이 올 시간이라서 마음이 급했다. 난 정지석이라고 해. 나이는 스물일곱. 너보다 형이라서 말 놨는데. 괜찮지?"

정지석이 웃으며 손을 내밀었다.

열정적이고 자신의 일에 애정이 엿보이는 사람이다. 강산이 오자마자 지금까지 가게 일을 성의껏, 꼼꼼하게 가르쳐 주는 모습이 나쁘지 않았다.

강산은 정지석의 손을 마주잡았다.

"그럼요."

나이도 나이고 직장 선배나 마찬가지다. 그 정도는 이제 관대하게 넘어갈 수 있는 강산이었다. 무엇보다 강산 자신이 제대로 일을 할 생각이었다.

"이제 조금 있으면 손님들 오기 시작할 거야. 아마 정신없을 지도 몰라. 하지만 금방 익숙해질 테니까 열심히 해봐."

그 말이 끝나자 첫 손님이 가게로 들어섰다.

일을 하는 내내 정지석은 강산의 곁에 붙어서 가르쳐 주었다.

확실히 사람이 많기는 했다. 단체 손님도 심심치 않게 들어왔고, 그때마다 알바생들은 서빙을 하느라 바빴다.

정지석은 확실히 능숙했다. 둥근 쟁반 위에 맥주잔을 빼곡히 올리고 그 위에 또 다시 쟁반을 얹어 잔을 쌓고 한 손으로 들었다. 반대편 손에는 3000cc 맥주 용기를 최소 3개씩 쥔다. 그런 식으로 2, 3명이 할 일을 혼자서 했다.

하우스펍은 정확히는 퓨전 호프집이었다. 단순한 호프 안주부터 각종 특유의 요리까지 메뉴가 다양했다.

인테리어도 상당히 깔끔하고 편안한 분위기라서 혼자와도 어색하지 않았다. 그리고 어색함을 상쇄할 만큼 음식의 맛도 좋았다.

사장은 전체적인 운영을 맡았고 주방장은 그의 동생이라고 한다. 주방장은 여러 가지 해외 요리를 섭렵한데다, 호텔에서 모셔가려고까지 할 정도의 실력자란다.

워낙 정신없이 바쁘기에 중간중간 주방에서 간식이 나온다. 그걸 알바생들이 오가며 조금씩 먹게 해준다.

강산 또한 맛을 봤다. 한 입에 먹기 좋게 만든 미니 샌드위치나 동그랑땡 같은 거였는데, 모두 주방장이 직접 만든 거라고 한다. 확실히 하나같이 입에 착 달라붙었다.

"잘 하는데?"

정지석은 강산이 곧잘 일하는 것을 보며 칭찬을 아끼지 않았다. 벨이 울리며 테이블 번호가 뜨면 망설임 없이 즉각 찾아갔고 정확하게 주문을 받아왔다.

주문을 받는 것도 쉽지는 않았다. 워낙에 메뉴의 종류가 다양해서 처음 일하는 알바생은 주문을 잘못 받는 경우가 많았기 때문이다.

그런데 지금까지 아무런 실수도 하지 않는 강산을 보니 바쁜 와중에도 칭찬할 수밖에 없었다.

"별로 힘든 일도 없네요."

힘들 이유가 없었다. 이미 테이블이나 메뉴도 다 외웠고 주문을 받는 것도 쉬웠다.

절대고수의 청각은 아무리 시끄러운 소음 속에서도 듣고 싶은 소리를 정확하게 들으니, 재차 주문을 확인할 필요도 없었디.

"얼, 자신감 쩌는데?"

어찌 보면 건방진 태도일 수도 있었다. 그러나 강산이 은근히 풍기는 분위기는 고수의 그것, 건방지다기 보다는 오히려 믿음직스러웠다.

정지석의 시선이 가게의 입구로 향했다. 새로운 손님이 들어오는데 그 수가 만만치 않았다. 그것을 힐끔 본 정지석이 곧바로 세팅 준비를 시작했다.

"저렇게 손님이 많이 들어오면 척 봐서 머릿수대로 미리 준비하면 좋아. 얼추 30명이니까 일단 거기에 맞춰서 맥주잔과 물 잔을 준비하고, 동행이 아닐 수도 있으니까……."

"서른두 명이고 전부 동행입니다."

"응?"

"정확히는 남자 스물넷에 여자 여덟 명이요."

손님이 많은 가게 안에서 새로 들어오는 사람의 숫자를 정확하게 파악하기는 힘든 일이다. 그러나 강산은 사기적인 시각으로 단숨에 인원을 파악했다.

"야, 무슨 말도 안 되는. 사람 수는 그렇다고 쳐. 그런데 저 사람들이 다 동행이라고?"

동행인지 아닌지는 모르는 일이다. 그런데 강산은 단정적으로 동행이라고 말했다.

같은 일행이라면 서로 챙기려는 몸짓이나 바라보는 시선이 다르다. 서른두 명의 사람들은 일말의 어색함도 없이 서로를 대하고 챙기고 있었다.

거기에 더해 그들이 나누는 대화까지 선별해서 들을 수 있는 강산이 착각할 일은 없었다.

이런 것들을 모두 설명할 수는 없었기에 강산은 대충 얼버무렸다.

"그냥 보면 알아요."

정지석은 강산의 말에 피식 웃고 말았다.

"그래, 그래. 그거야 주문을 받아보면 알 일이고."

손님들을 안내한 알바생이 돌아와 카운터에 주문을 입력하고 말했다.

"지석 오빠, 32명이요. 일단 생맥 3천 6개부터 달래요."

알바생의 말을 들은 정지석이 놀란 눈으로 강산을 바라봤다.

"너, 무슨 점쟁이냐?"

점쟁이가 아니라 고수다.

"이번 세팅은 제가 할게요."

지금까지 정지석의 보조를 하던 강산이 직접 나서기로 마음먹었다. 그는 곧바로 맥주잔을 마저 쌓아 3단을 만들고 생맥 3천 4개는 왼손에, 2개는 맥주잔 탑 위에 올렸다.

"야, 너 이걸 어떻게 들려……."

말리려던 정지석의 입이 떡 벌어졌다. 탑을 쌓은 쟁반이 흔들림 없이 안정적으로 들렸고 왼손의 맥주잔들도 가볍게 들어올린다.

상식적으로 말이 안 되는 일이 벌어졌다. 저렇게 들면 무게도 무겁고, 중심을 잡기도 힘들다.

정지석도 1년이 지나면서부터 했던 일인데, 눈앞의 녀석은 하루만에, 그것도 자신보다 더 무지막지한 모습을 보여주었다.

"다녀올게요."

가볍게 말한 강산이 알바생들의 놀란 시선을 뒤로하고 홀을 거닐었다. 일부 술을 마시던 손님들이 그 광경을 보며 탄성을 내질렀다.

"야, 저거 봐!"

"응? 헉! 말도 안 돼!"

"직업의 달인에 나온 사람인가?"

심지어 휘파람을 불며 손뼉까지 치는 손님까지 있었다.

'이왕 하는 거, 확실하게.'

뭐든지 최고가 아니면 의미가 없다. 일도 마찬가지다. 이왕 하는 거라면 그중에 최고가 되어야 한다.

강산은 당당한 서빙의 달인이 되기로 했다.

무공을 일하는 데, 그것도 호프집 아르바이트에 쓰는 것은 무공에 대한 모욕일지도 모른다.

하지만 강산은 그런 것에 전혀 신경을 쓰지 않았다.

중원에서는 무공을 익히고 싸우는 것이 일이었고, 지금은 서빙을 하는 것이 일일 뿐이었다. 이런 그의 생각을 중원 무인이 안다면 입에 거품을 물겠지만, 이곳은 중원이 아니었다.

무엇보다도 무공 좀 쓰면 월급이 오른다. 자그마치 50만 원이나.

50만 원이면 한 달치 월세와 공과금까지 해결된다. 생활 전선에 뛰어든 강산의 입장에선 포기할 수 없는 액수다.

띵동, 띵동, 띵동.

벨이 정신없이 울린다. 종업원들은 쉴 새 없이 가게를 오가며 주문을 받고 음식과 술을 날랐다.

강산은 그 가운데 가장 눈에 띠었다.

쟁반에 잔으로 탑을 쌓는 것은 기본이요, 커다란 안주 접시도 쟁반 위에 4개에서 5개씩 올린다. 가장자리에 위태롭게 얹어져 조금만 균형이 틀어져도 떨어질 법하건만, 강산의 사전에 불균형은 없었다.

오늘도 안주 5개를 올린 쟁반 하나를 들고 테이블로 향했다. 한꺼번에 여러 테이블의 안주를 나르다보면 다른 테이블과 착각할 수도 있는데, 그는 거침없이 각 테이블에 안주를 내려놓았다.

안주를 내려놓는 방법도 신기에 가까웠다. 테이블 위에 무엇이 있더라도 그 틈을 비집고 접시가 안착한다. 손님에게는 전혀 불편함이 가지 않도록 하는 센스까지 발휘했다.

테이블 위에 세팅을 하든, 안주를 내려놓든지 간에 5초 이상 머물지 않았다.

5초 서빙.

강산의 서빙을 두고 하우스펍의 종업원들이 일컫는 말이었다.

정지석은 강산이 일하는 모습을 보며 흐뭇하게 웃었다.

"사장님. 저 녀석 정말 물건인데요?"

"그러게. 네가 한창 바쁠 시간에 나하고 노가리 까는 거 보니… 저 녀석, 진짜 물건이다."

"에이, 제가 그렇다고 노는 건 아니잖아요."

"누가 뭐래?"

피식 웃은 사장이 카운터PC를 슬쩍 바라보았다. 손님이 없는 테이블은 고작 3개였다.

"이 정도면 슬슬 지칠 녀석들이 아직도 쌩쌩하네."

그의 말마따나 지금쯤 좀비처럼 흐느적거려야 할 녀석들이 약간 지친 모습만 보이고 있었다.

"산이가 서너 명 몫을 하잖아요."

"그 몫에는 너도 포함되어 있어. 얼른 안 가?"

"예~ 갑니다, 가요."

정지석이 웃으며 자리로 돌아갔다. 그를 바라보는 사장의 입에도 미소가 걸려 있었다.

"자식. 그래, 너도 좀 편하게 해야지."

자신의 밑에서 일한 것도 벌써 5년째였다. 그간 정지석이 얼마나 많은 일을 해왔고 힘들었는지 잘 알고 있었다.

근래에 들어서 힘들다고 하루도 못 버티고 그만두는 사람들이 많아졌다. 항상 사람이 모자랐고, 그로 인해 지석이 몇 사람의 몫을 대신해야 했다.

그렇다고 사람을 더 뽑을 수도 없었다. 안타까운 것은 안타까운 것이고, 수지 타산은 맞춰야 하는 것이 장사니까.

대신에 그는 열심히 하면 확실하게 챙겨줬다. 생일이면 생일 파티도 해주고 휴가비나 보너스도 잊지 않았다. 최소 석 달 이상만 버티면 170은 주었다.

"저 녀석. 진짜 이달부터 170은 줘야겠네."

신재하는 강산을 흐뭇하게 바라봤다.

처음 일할 때는 누구나 열심히 할 수 있다. 문제는 지구력이다. 며칠 정도는 잘하더라도 그게 일주일, 한 달 이상 이어지는 것은 별개다.

강산은 벌써 보름 넘게 전혀 초보자 같지 않은 모습을 보이고 있었다. 그 와중에 힘들어 하는 기색도 없었다.

타고난 놈.

신재하의 눈에 강산이란 학생은 그렇게 보였다. 일도 처음 해 보는 녀석이 몇 사람 몫을 쉽게 해내니, 별문제만 없으면 이번 달부터 170을 맞춰줘도 아깝지 않게 느껴졌다.

"어디보자, 이달 매출도 꽤 오르겠는데?"

카운터PC의 관리자 메뉴에서 정산 페이지를 열어 본 신재하의 입꼬리가 귀밑에 걸렸다.

강산의 급여를 올려주는데 전혀 망설임이 없는 것은 손님이 늘어난 이유도 있었기 때문이다.

맛집으로 소문난 가게에 달인으로 보이는 알바생. 게다가 그 알바생이 모델 뺨치는 우월한 외모를 가지고 있다는 것이 입소문을 타기 시작한 거였다.

신재하의 동생은 따지자면 특급 호텔 요리사급이다. 그런 녀석이 주방을 맡고 있으니 맛에 예민한 여성이 자주 찾게 되는 것은 당연한 일이었다.

그런 여성들의 눈에 엄청난 서빙 실력을 보이는 잘생긴 알바생의 존재는 맛집이란 명성에 플러스알파를 가져왔다.

"어서 오세요!"

봐라. 지금 막 들어오는 손님들도 여성이다.

오랫동안 장사를 하다 보니 사람 보는 눈썰미는 발군이다. 척 보기에도 강산의 소문 때문에 왔다는 것이 보였다. 왜냐하면 그녀들이 종업원들을 유심히 살폈기 때문이다.

"강산 씨! 여기 손님 안내해드려!"

바로 강산을 불렀다. 이 정도 서비스는 상인의 덕목이다.

유민영은 하우스펍에 괜찮은 남자가 있다는 소문을 들었다. 그래봤자 알바생일 뿐이겠지만 맛집으로 유명한 집이었기에 겸사겸사 오게 되었다.

"강산 씨! 여기 손님 안내해드려!"

카운터 사장의 외침에 한 남자가 다가왔다.

180은 넘어 보이는 훤칠한 키에 부드러운 미소, 유니폼으로도 가려지지 않는 조각 같은 몸매의 남자였다.

하지만 무엇보다도 놀라운 것은 그가 그녀도 아는 사람이라는 점이었다.

"이쪽으로 오시죠."

살짝 허리를 굽히며 인사를 한다. 정중하면서도 품위가 느껴지는 인사였다. 마치 고급 레스토랑의 웨이터를 마주한 느낌이었다.

강산의 안내에 따라 자리에 앉은 그녀들은 멀어지는 그를 보면서 수다를 떨었다.

"야, 진짜 잘생겼다."

"아우, 알바생만 아니면 어떻게 해볼 텐데."

"알바생이면 어때서?"

"이런데서 알바하면 뻔하잖아. 아빠가 알면 난리 치실걸?"

"바보 아냐? 그런 걸 아빠가 알게 하게. 저 정도면 어디 데리고 다녀도 꿇리지 않을 정도야. 어차피 마음대로 시집도 못 갈 거, 즐길 수 있을 때 즐기는 거지. 심각하게 생각하기는."

유민영은 가만히 친구들의 이야기를 들었다. 하나같이 내로라하는 집안의 여자들이었다. 그러다보니 연애를 일종의 유흥 정도로만 여기는 친구들이다.

물론, 자신도 친구들에 비해 모자라지 않았다.

"민영아, 어때?"

"뭐가?"

"괜찮지?"

"나쁘지 않네."

말은 그렇게 해도 뛰는 가슴을 내색하지 않으려고 무진 애를 써야 했다.

유민영은 보통의 여자와는 다르게 격투기를 좋아했다. 강인한 남자의 거친 싸움을 보면서 저런 남자가 내 곁에 있었으면, 하고 생각할 때가 많았다.

그렇기에 그녀가 남들 안 보는 복싱에 관심을 갖게 된 것도 당연한 일이었다.

제1회 전국 아마복싱 챔피언전 우승자.

공부도 잘해서 매번 전교 1등에, 각종 외국어 시험에서 만점을 기록한 사람.

그에 대한 기사를 스크랩까지 했을 정도로 관심을 가졌던 그녀였다. 이후로 공식 대회에 모습을 드러내지 않아 점차 잊고 있었는데, 이런 곳에서 보게 될 줄은 몰랐다.

친구들은 모르는 눈치다. 하긴, 격투기를 좋아한다고 타박이나 하던 친구들이었으니 당연한 일이다.

"야, 저거 봐."

그녀들의 눈이 일제히 홀로 향했다. 거기에는 강산이 양손에 3단 탑을 쌓아 들고 있었다.

"저게 가능해?"

친구들의 눈이 민영에게 향했다. 이 자리에서 운동에 관심이 많은 사람은 그녀가 유일했기 때문이다.

"보통은 불가능하지. 팔 힘도 강해야 하고 균형 감각도 뛰어나야 하니까."

그녀의 콧대가 높아졌다.

얘들아. 겨우 그 정도에 놀라기는 이르지.

유민영은 친구가 모르는 것을 알고 있다는 우월감에 마음이 뿌듯했다. 그가 오면 아는 체를 해야겠다는 생각까지 들 정도다.

하지만 그녀의 바람은 이루어지지 않았다.

강산이 주로 가는 테이블은 단체석이다. 서너 명이 앉은 테이블은 다른 알바생이 전담했다.

그건 당연한 일이었다. 강산의 능력은 한 번에 두셋이 옮겨야 할 물량을 혼자 옮기는 것이었고, 그런 모습 또한 가게의 특징이었기에 손님들에게 보여줘야 했기 때문이었다.

강점이 있다면 그것을 최대한 부각해서 장사가 잘되게 해야 한다. 신재하 사장이 승승장구할 수 있었던 이유다.

"이거 참. 이렇게 구경만 하다 가야 해?"

테이블에 오면 말이라도 걸어보고 안면을 트고 싶은데, 그럴 기회조차 없었다. 은근히 그게 신경이 쓰이는 여인들.

유민영 또한 마찬가지였다. 모처럼 아는 체를 해서 친구들을 놀래게 해주고 싶었다. 그렇다고 그를 불러달라기에는 자존심이 허락하지 않았다.

이럴 줄 알았으면 처음에 아는 체를 하는 거였는데.

"그래도 음식은 맛있네. 맥주 맛도 좋고."

맛집이라고 말만 들었지, 이런 호프집은 잘 오지 않는 그녀들이었다. 고급 레스토랑이나 와인바만 다니던 그녀들의 입맛에 맞을 정도로 음식도 훌륭했다.

그 덕에 술잔도 빠르게 비워져 가고 안주도 순식간에 비워져 갔다.

유민영도 아쉬운 마음이 가득했지만, 맛있는 음식을 먹는 것으로 달랠 수밖에 없었다.

한참 먹고 마시며 수다를 떠는 그녀들의 테이블에 접근하는 남자가 있었다.

"안녕하세요."

물에 물고기가 많으면 낚시꾼이 몰리기 마련이다. 하우스 펍에도 그런 룰이 통했다.

평소에도 여자가 많이 오는 가게였는데, 강산이 온 이후로 부쩍 늘었다.

가게 인테리어도 젊은 층을 겨냥하고 만들다 보니, 손님의 대다수가 2, 30대였다. 한창 혈기왕성한 남녀가 맛있는 음식과 술로 마음이 풀어지며 부킹이 이루어지는 일은 종종 있어 왔다.

남자도 그래서 가볍게 생각하고 접근했다. 들어설 때부터 남다른 외모에 주목하고 있다가 어느 정도 분위기가 무르익 었다고 판단되어 다가온 것이었다.

하지만 타이밍이 좋지 않았다. 음식은 맛있었지만, 강산과 제대로 대화하지 못해 기분이 나빴던 그녀들이었다.

어디 가서도 무시당한 적이 없는 그녀들이었다. 지금은 무 시당했다고 할 만한 상황은 아니었지만, 자신들의 뜻대로 되 지 않자 무시당했다는 느낌을 받고 있었다.

"뭔데요?"

당연히 뾰족한 대꾸가 나갈 수밖에 없었다. 집안 배경이 좋 다보니 어디가도 눈치 보지 않는 그녀들이었다.

스캔하듯이 남자의 전신을 훑어본 그녀들의 눈초리가 곱 지 않았다.

옷 입은 꼴 하고는.

그런 수준으로 어딜 넘봐?

경멸이 가득담긴 그녀들의 시선. 눈치가 빠른 남자라면 그 쯤에서 포기하고 돌아설지도 모른다. 그러나 남자는 이미 술 도 마신 상황. 스스로에 대한 자신감도 가득했던 그가 만용을 부렸다.

"그쪽 분들이 마음에 들어서 그러는데, 저희도 네 명이고 그쪽도 네 명이니 합석할래요?"

남자가 가리키는 곳을 보니 고만고만한 남자들이 보였다. 하나같이 그녀들의 눈에 차지 않는 비주얼과 차림새였다.

"꼴에 남자라고."

"네?"

"됐거든요? 수준을 알아야지."

"별꼴이야."

"야, 가자. 이 가게 못 오겠네."

그렇지 않아도 강산으로 인해 마음이 상했던—어느새 강산 탓으로 돌리는—그녀들이다. 음식이 아무리 맛있어도 여기만 맛있는 것은 아니었다.

그런 상황에 취기까지 올라왔겠다, 어디서 꼴같잖은 녀석이 추파를 던지니 좋은 말이 나올 수가 없었다. 그렇다보니 자연스레 가게 험담까지 나오고 말았다.

네 명의 여자가 자리에서 일어나자 남자는 당황스러웠다. 본래 이런 일은 막내가 하는 일, 형들이 알면 무슨 꼴을 당할지 몰랐다.

그리고 그의 자존심도 확 상했다. 여자들의 말이 도가 지나치다고 생각했기 때문이다.

술도 한잔 했겠다, 형들한테 구박받을 생각을 하니 짜증이 치밀었다. 자연 남자의 말도 곱게 나오지 않았다.

"씨팔, 별 싸가지 없는 년들이 말하는 꼬라지하고는."

"뭐? 야, 너 지금 뭐라고 그랬어?"

뾰족한 고성이 튀어나왔다. 네 사람 중에 가장 성질이 불같은 친구였다.

"야? 야? 이게 언제 봤다고 야래?"

"그러는 넌! 이 새끼가 미쳤나. 어디서 시비야, 시비가?"

유민영은 그런 친구의 팔을 붙잡았다.

"그만하고 가자."

"이거 놔봐!"

다른 친구들도 민영과 합세해 친구를 말리려 했다. 생각해보니 자신들의 말이 좀 심하긴 했다는 생각이 들었기 때문이다.

"미친년들. 얼굴 뜯어고치고 잘난 체 하는 것들이 성깔만 더러워서는."

남자가 기어이 금기를 건들고 말았다.

알아도 아는 척 하지 말아야 할 것이 성형에 관한 것이다. 그건 여자의 자존심과도 직결된 문제다.

더구나 성격 좋지 않은 여자는 얼마 전에 성형을 하긴 했다. 조금 자연스럽지 못해서 속상해하고 있었는데, 남자가 그 부분을 건드린 것이다.

"이 새끼가!"

짝!

남자의 고개가 휙 돌아갔다.

"니가 봤어? 나 성형하는 거 봤냐고!"

뺨을 맞은 남자의 눈에서 불똥이 튀었다. 그의 손이 위로 올라왔다.

"미친년이 죽으려고 환장을 했냐?"

"쳐봐! 쳐봐, 이 개새끼야!"

금방이라도 한 대 후려칠 것 같은 남자와 악을 바락바락 쓰며 달려드는 여자. 그 사이로 친절한 음성이 들려왔다.

"손님들. 여기서 이러시면 안 됩니다."

마치 그 자리에 처음부터 있었다는 듯이 두 사람의 바로 곁에 나타난 사람.

바로 강산이었다.

어지간하면 끼어들 생각은 없었다. 그런데 여자가 하는 말이 그의 신경을 자극했다.

단지 못 올 가게라고 했을 뿐이지만, 자신의 첫 직장이―아르바이트라도―평가절하당하는 것은 두고 볼 수가 없었다.

"뭐야!"

갑자기 나타난 강산의 모습에 남자가 깜짝 놀랐다.

"알바생입니다."

"누가 몰라서 물어?"

강산은 영업용 미소를 입가에 달고 차분하게 말했다.

"불미스런 일이 일어날까 염려되어 참견하게 되었습니다.

서로 화를 가라앉히시고 이성적으로 대화를 하시죠."

"무슨 헛소리야? 이거 안 보여? 저 여자가 날 쳤다고!"

"그 정도로는 죽지 않습니다."

붉게 달아오른 뺨이 상당히 아파보이긴 했다. 그러나 여자
가 때린 거였고 고수가 내공을 실어 후려친 상처도 아니다.

"이게 말이면 단줄 알……."

눈을 부라리며 화를 내려던 남자의 말이 줄어들었다. 강산
의 무심한 눈빛과 기세에 밀린 것이었다.

남자가 놀라는 사이 일행이 그들 사이로 끼어들었다. 잘됐
다는 얼굴이었다. 아무래도 다른 꿍꿍이가 있어보였다. 아니
나 다를까? 녀석들은 대뜸 상처부터 살폈다.

"저 여자 제정신이 아니네. 때가 어느 때인데 사람을 함부
로 쳐? 이거 전치 4주는 나오겠는데?"

"야, 경찰에 신고해. 이 여자 콩밥 좀 먹어봐야 정신 차리
겠네."

경찰을 부르겠다며 압박을 가했다. 콩밥 운운하는 것이 여
자라고 무시하는 모양이다.

똥인지 된장인지도 구분 못하는 녀석들이다. 이런 식으로
나오면 자신들이 죄송해요, 라며 따라나서기라도 할 줄 알았
나?

"경찰?"

처음 화를 냈던 여자가 눈에 쌍심지를 켜고 앞으로 나섰다.

뺨을 때린 건 심했다 싶어 참으려 했다. 그런데 다른 놈들이 또 긁는다.

여자가 팔을 걷어붙였다. 어차피 경찰을 부를 거라면 다른 쪽 뺨도 올려쳐 버릴 생각이었다.

그걸 강산이 가로막았다.

"뭐예요?"

"잠시만요."

강산은 특별히 부모님과 하윤에게만 보여주는 진한 미소를 지어보였다. 나름 천만 냥짜리 미소라고 생각한다. 역시 그만큼 효과가 있었다. 여자가 행동을 멈춘 것이었다.

"당신 뭐야? 꼴에 남자라고 여자를 편들려는 거야?"

남자가 삿대질을 하며 언성을 높였다. 그럼에도 불구하고 강산은 시종일관 온화한 표정을 유지했다.

"아뇨, 그런 건 아닙니다. 다만, 한 가지 주의를 드리려고요."

"주의?"

"일차적으로 손님께서는 이쪽 여성분께 모욕감을 주셨습니다. 욕설과 함께 싸가지 없는 년이라고 하셨죠. 거기에 더해 성형을 했다고 단정하시며 성깔만 더러운 사람이라고 비난하셨습니다."

"그게 뭐? 저것들이 먼저 재수 없게 말했잖아!"

"못 들었는데요."

"뭐?"

"이쪽 손님들 말씀은 못 들었지만, 손님 말씀은 아주 잘 들리더군요. 이 경우, 여성 손님들이 손님을 모욕이나 명예훼손으로 고소할 수 있다는 거, 아십니까?"

"그게 무슨 헛소리야!"

"뺨 맞은 정도는 단순폭행죄, 벌금 몇 푼 내면 끝납니다. 대신 손님은 네 명의 여성분께 고소를 당하시겠군요."

자취를 시작하기 전에 혹시나 모를 일에 대비해 형이 공부하던 책을 훑어보았다. 어지간하면 이 시대의 방식으로 생활하기 위해서였다.

이게 말이 되고 안 되고는 중요하지 않았다. 단숨에 말하는 그의 태도가 당당했고 뭔가 있어 보인다는 것이 중요했다.

"당신 법대생이야?"

"서울대에 다니고 있습니다."

법대생은 우리 형이고.

강산은 그 말은 하지 않았다. 그래도 남자는 알아서 오해를 해줄 테니까.

"무슨 일이십니까?"

"당신은 뭐야?"

"홀 매니저입니다."

다른 쪽에 있나가 뒤늦게 상황을 전해 듣고 달려온 정지석이었다. 경험이 많은 그였기에 이럴 때에는 침착하게 응대해야 함을 잘 알고 있었다.

'재수 없는 자식들.'

하지만 남자들에 대한 시선은 곱지 못했다. 안 봐도 비디오다. 남자가 찝쩍거리다가 퇴짜 맞고 행패 부리는 일이 종종 있었기 때문이다.

"내 동생 얼굴을 봐봐. 저 여자가 먼저 때렸다고. 그런데 댁네 알바란 자식이 잘난 체 하면서 끼어들잖아? 다 필요 없고, 당장 경찰 불러!"

남자의 일행이 악을 질렀다.

웃기는 녀석들. 부를 거면 지들이 부르지.

정지석은 녀석들의 생각이 빤히 들여다보였다. 경찰 운운하는 것은 그저 협박일 뿐이다. 여자들이 겁을 먹고 자신들의 뜻대로 따르게 만들 심산인거다.

그걸 두고 볼 정지석이 아니었다.

"이런. 심하게 맞긴 하셨네요."

맞은 남자의 얼굴이 부어오르고 있었다. 의외로 손이 매운 여자였다.

"알겠습니다. 강산 씨, 경찰 불러요."

갑작스런 말에 여자들도 놀란 눈으로 바라보았다. 하지만 정지석도 생각이 있었다.

"112에 전화해서 영업 방해로 신고해요."

"뭐?"

"무슨 소리야!"

남자들이 화를 내거나 말거나 정지석은 단호하게 말했다.

"폭행 건은 알아서 하시고요, 어쨌거나 가게에서 소란을 피우셨지 않습니까? 더 이상 소란을 피우시면 저희도 어쩔 수 없습니다."

정지석의 말에 강산이 쐐기를 박았다.

"형법 제314조에 의하면, 위력으로써 사람의 업무를 방해한 자는 5년 이하의 징역, 또는 천오백만 원 이하의 벌금에 처합니다. 다른 손님들 나가는 거 보이시죠?"

강산의 말마따나 몇몇 손님이 밖으로 나가고 있었다.

물론, 소란 때문에 나가는 건 아니었다. 남의 일에 관심 없는 사람들이 먹을 거 다 먹고 나가는 것이었다. 그 외의 다른 사람들은 구경하느라 고개를 길게 빼고 있었다.

맞은 남자의 일행은 당황한데다 술기운 때문에 그런 사실을 짐작도 못하고 있었다. 짐작했더라도 뭐라 반박하지는 못할 일이었지만.

"영업 방해와 명예훼손이라."

강산은 그리 말하며 휴대폰을 들었다. 남자들은 이를 갈면서도 어떻게 할 수가 없었다.

"알았어, 알았다고! 젠장, 뭐 이딴 곳이 다 있어?"

"야, 가자, 가."

"계산 안 하시면 무전취식입니다."

정지석이 빙글거리며 그들의 뒤통수에 한마디를 보냈다.

가게에서 시비가 일면 경찰을 부르면 그만이었다. 괜히 말린다, 뭐한다 하다가 일이 더 커지면 곤란하기 때문이었다.

하지만 이미 강산이 끼어든 상황이었다. 매니저인 자신이 손 놓고 있을 수는 없었다.

"너 임마."

정지석이 눈살을 찌푸렸다. 하지만 이어서 나온 말은 질책이 아니었다.

"잘했다."

강산의 등을 두드리며 작게 웃은 그는 이번에는 몸을 돌려 여자들을 바라봤다.

"많이 놀라셨겠습니다."

"아, 아뇨."

"가끔 저런 사람들이 있어요. 꼴에 자존심은 있다고 거절을 받아들이지 못하는 녀석들."

유민영을 비롯한 여자들은 양심이 슬쩍 찔렸다. 자신들의 언행에도 문제가 있음을 알기 때문이다.

그녀들의 배경이 아무리 든든하다 해도, 상식이 없는 여자들은 아니었다. 편하게 살아왔기에 남들보다 참을성이 부족했을 뿐이었다.

"감사합니다. 하마터면 곤란할 뻔했어요."

유민영은 친구들을 대표해 인사를 했다.

"별말씀을요. 저 보다는 이 친구한테 감사해야죠."

강산이 일찌감치 끼어들지 않았으면 여자가 심하게 맞았을 지도 모른다. 감사는 그걸 미연에 방지해 준 강산에게 하는 것이 옳았다.

"감사합니다. 그런데 혹시……."

유민영은 이번 기회에 강산과 인사를 나누고 싶었다. 오늘 나서는 모습을 보니 더욱 마음에 들었다.

하지만 강산은 가볍게 고개를 숙여 보이고 몸을 돌렸다.

"매니저님. 전 이만 일하러 가볼게요."

"응? 어, 그래."

무력을 쓰지 않고 일을 해결했다는 점에 대해서는 기분이 좋았다. 그러나 완벽하게 일을 처리한 것은 아니었다.

밖으로 나간 남자들, 그들이 이딴 가게라는 말을 한 것이 신경에 거슬렸다.

모든 손님을 만족시킬 수는 없었다. 그렇다고 하더라도, 마음먹고 제대로 일하려 했던 그로서는 약간의 아쉬움이 남는 하루였다.

*　　　*　　　*

하우스펍 인근에 차량 한 대가 서 있었다. 짙게 썬팅된 12인승 승합차였다.

차량 안에는 국정원 요원들이 있었다. 그들 중에 한 남자가 심각한 표정으로 헤드셋을 통해 들어오는 보고를 듣고 있었다.

─상황해제.

팀원의 보고에 남자는 한숨을 내쉬며 의자에 등을 기댔다.

"대체 이게 뭔 짓인지."

상부의 지시라면 의구심을 가져서는 안 된다. 부여된 임무는 어떠한 의심도 없이 완수해야 한다.

하지만 이번 임무는 도무지 이해할 수가 없었다.

하우스펍이란 가게를 지켜보란 지시는 그러려니 했다. 어떠한 사건에 대해서 의심은 가지만 확증이 없을 때에 종종 벌어지는 일이기 때문이다.

문제는 거기에 대한 세부사항이었다.

하우스펍 내에서 문제가 발생할 시, 종업원에게 어떠한 피해도 가지 않도록 하라는 지시였다. 필요시에는 검경까지 동원할 수 있는 권한이 주어졌다.

그건 주요 인사가 종업원 중에 있다는 뜻이었다. 따지자면 일종의 요인 비밀 경호인 셈이었다.

그렇다면 차라리 대상이 누군지를 알려주는 것이 효율적이다. 이처럼 모든 종업원을 보호하라고 하면 골치만 아프다. 현장 요원만 죽어라 고생시키는 일이다.

아무리 하우스펍 안에서라는 단서 조항이 있더라도 임무를 수행하는 입장에서는 신경이 쓰였다. 만약 그가 퇴근 후에 안 좋은 일을 당한다면 어쩌란 말인가?

　—지금 나간 녀석들 단속할까요?

　헤드셋에서 들려오는 목소리에 남자가 정신을 차리고 지시했다.

　"아니야. 그냥 어떤 녀석들인지만 알아 둬."

　—알겠습니다.

＊　　　＊　　　＊

　그날의 사건 이후로 강산은 별다른 일 없이 아르바이트를 계속 했다. 손님은 항상 넘쳐났고 할 일은 많았다. 강산은 열심히 일했고 인정을 받았다.

　"오늘이 월급날이지?"

　퇴근이 얼마 남지 않은 시간, 사장이 강산을 불렀다. 그러고 보니 벌써 한 달이 되었다.

　"그러네요."

　처음으로 평범한 일을 시작했다. 누군가를 죽일 필요도 없었고 죽임을 당할 걱정도 없는 평범한 일.

　의외로 나쁘지 않았다. 지난 한 달간, 그는 평범한 삶의 기쁨을 하나 더 깨달을 수 있었다. 이렇게 쉽게 사는 방법이 있었는데 왜 자신은 힘으로만 살아왔었는지.

　"네 말대로 되더라."

뜬금없는 말이지만 강산은 알아들을 수 있었다.

"170이요?"

"그래. 너처럼 일 잘하는 녀석은 지석이 이후로 처음 봤다. 월급 170 주마."

신재하는 호탕하게 말하며 봉투 하나를 꺼냈다.

"첫 알바에 첫 월급이니까 기분 내라고 현금으로 준비했다. 어때? 좋지?"

두툼한 봉투를 받아들었다. 한 달, 남들처럼 평범하게 일하고 받은 돈이었다. 그 의미가 각별할 수밖에 없었다. 가볍지만 가볍지 않은 무게감이 봉투에서 느껴지고 있었다.

"갑작스럽지만 어때? 오늘 회식이나 할까?"

"회식이요?"

"애들이 너랑 친해지고 싶다더라. 너, 다른 애들하고 별로 얘기도 안 해봤지?"

일에만 신경 쓰느라 다른 종업원과 제대로 대화를 나눈 적은 없었다. 그저 오며가며 인사만 나누는 정도였다.

회식도 업무의 연장이라던가? 이제는 사람하고 어울리는 일도 필요하다고 생각한 강산은 가볍게 고개를 끄덕였다.

"그럴게요."

"오케바리! 그럼 오늘은 조금 일찍 시마이 하자. 정 매니저!"

"네! 사장님!"

정지석이 씩씩하게 대답하며 다가왔다.

"마감 치자. 오늘은 회식이다."

"넵!"

회식이란 소리에 정지석도 신이 난 모양이었다. 그는 곧바로 다른 종업원에게 알리기 위해 몸을 돌렸다.

"그럼 저도 화장실 다녀와서 정리할게요."

"그래."

강산은 화장실을 가기 위해 밖으로 나왔다.

하우스펍은 5층 상가 건물의 2층에 위치했다. 화장실은 상가 공용 화장실을 사용했다.

화장실로 향하며 예전 일이 생각났다.

'회식이라.'

체육관을 다닐 때가 떠올랐다. 문 관장이 괘씸해서 꽃등심을 잔뜩 시켜 남은 것은 싸가기까지 했었다. 그때의 문 관장 표정이 아직도 눈앞에 생생했다.

가볍게 미소를 짓던 강산이 인상을 찌푸렸다.

'그나저나 이것들은 뭘까.'

모처럼 추억을 떠올리는데, 별로 달갑지 않은 기척이 느껴졌다. 처음에는 멀찍이서 지켜보는 듯하더니 화장실에 들어가자 문밖까지 따라왔다.

그들에게서 느껴지는 것은 명백한 적의였다.

6장

이대로는 안 되겠어

강산은 조용히 살기로 마음먹었다. 그러나 그것이 힘을 쓰지 않겠다는 것은 아니었다.

솔직히 말해서 남들 모르게 힘을 쓸 방법이야 무궁무진했다. 지풍을 날리기만 해도 병신을 만들거나 한순간에 죽게 만들 수도 있다.

하지만 죽일 필요도, 이유도 없었다. 그의 목숨을 노리거나 죽여야 할 정도의 사람은 없었기 때문이었다.

문밖에 나타난 녀석들은 자신에게 적의를 품고 있었다. 중원이었다면 목을 날려 버릴 일이었다. 그러나 여긴 중원노 아니고, 상대는 강산과 비교하면 어린 아이에 비유하기에도 모자란 평범한 자들이었다.

혼은 내줘야 한다. 그렇다고 막무가내로 손을 쓸 수는 없다. 강산은 폰을 꺼내 동영상 녹화를 시작했다.

'깽값이나 받아볼까.'

쾅!

화장실 문이 거칠게 닫혔다. 소변기 앞에 서 있던 강산의 뒤를 노리고 다짜고짜 발길질이 날아왔다. 이미 모든 상황을 알고 있던 강산은 간단하게 몸을 피했다.

빠악!

섬뜩한 소리와 함께 남자가 비명을 지르며 쓰러졌다. 허리를 노리던 남자의 정강이가 소변기를 때린 것이다.

"준성아!"

화장실에 들어온 남자들은 총 네 명. 그중 한 명이 쓰러진 남자에게 달려가 상태를 살폈다.

강산은 여유롭게 뒤로 물러나 습격해 온 불청객들을 바라보았다. 기억에 있는 자들이었다. 얼마 전에 네 명의 여자에게 부킹을 시도하다가 진상을 떤 녀석들이었다.

남자들은 하우스펍과 같은 층에 있는 가게에서 나오는 길이었다. 그러다가 강산의 모습을 보고 앙갚음하려 한 것이었다.

양아치 같은 녀석들은 강산이 소변을 보는 사이에 정신없이 패버리고 도망칠 생각이었다.

"이 새끼!"

남자 하나가 달려들며 주먹을 뻗었다.

그런 것에 맞아줄 강산이 아니다. 더구나 녀석들은 술까지 마신 상태였다. 살짝 한 걸음 옮긴 것만으로 남자의 주먹은 벽을 때렸다.

"악!"

둔탁한 소리와 함께 새된 비명을 지른 남자가 주먹을 부여 잡고 주저앉았다. 이어서 남은 한 놈이 팔을 벌려 강산을 끌 어안으려 하는 걸 가볍게 몸을 숙여 피했다.

'벽이⋯⋯.'

생각보다 벽이 멀었다. 그렇다고 손으로 직접 밀어버릴 수 는 없었다. 그래서 내공을 이용해 살짝 밀었다. 그것만으로도 충분했다. 남자는 자신의 힘을 주체 못하고 벽에 머리를 부딪 쳤다.

남자가 요란한 소리를 내며 벌렁 뒤로 넘어진 사이, 강산은 화장실 문을 가로막고 섰다.

"한심한 놈들."

쓰러진 녀석을 살피던 남은 남자가 혀를 차는 강산을 보며 안절부절 못했다. 남자의 눈에는 두려움과 당황스러움이 잔 뜩 묻어나왔다.

입맛이 썼다. 자신은 초법적인 힘을 가지고도 참고 사는네, 이놈들은 뭘 믿고 이런 짓을 벌이는지 모르겠다.

"우아아아!"

강산이 생각에 잠긴 모습을 보고 용기를 얻었나보다. 엉거주춤하게 있던 남은 녀석이 악을 지르며 달려들었다. 하품이 나올 정도로 느려터진 주먹은 허공만 더듬었다.

나약하다.

과거 중원의 사람들보다 체격은 더 클지 몰라도 힘이나 움직임은 비할 바가 아니었다.

강산의 눈에는 어른에게 덤비는 아이로도 보이지 않았다. 손끝으로 꾹 누르면 죽을 개미 정도나 될까. 문명의 편안한 생활에 젖은 사람들의 육체는 나약하기만 했다.

혼자 주먹을 휘젓던 남자가 결국 거친 숨을 토해내며 쓰러졌다. 그 앞에 강산이 쪼그리고 앉아 눈을 맞췄다.

"벌은 받아야지."

약자거나 강자거나 잘못했으면 죗값을 치러야 한다. 특히 자신을 해치려 한 놈들을 그냥 보낼 생각은 없었다.

강산의 손이 가볍게 남자들의 혈도를 짚기 시작했다. 몸을 옴짝달싹 못하게 만든 다음에 분근착골의 고통을 안겨주었다.

눈까지 까뒤집히며 고통에 떠는 남자들. 강산은 무심한 눈으로 그들을 바라보았다. 죽을 정도로 아프겠지만 외상은 없다. 녀석들이 병원에서 아무리 검사를 받아도 진단은 나오지 않는다.

그러나 이 정도로는 성에 차지 않았다. 깽값, 합의금을 받아야 한다.

'벌 수 있을 때 벌어야지.'

얼마 되지 않겠지만, 돈의 소중함을 조금씩 깨닫는 강산이었다. 그는 확실하게 하기 위해 단전의 내공을 끌어올렸다.

강산의 몸에 기이한 변화가 일어났다. 멀쩡하던 피부에 멍이 들고 눈두덩이 부어올랐다. 왼쪽 팔이 자연스럽게 탈골되며 덜렁거리기까지 했다.

만환변체신공(萬幻變體神功).

신체를 완벽하게 통제하여 다른 사람의 모습으로 변신할 수 있게 해주는 무공이다. 이것으로 강산은 심각한 피해를 입은 피해자로 둔갑했다.

내공이 보호하기에 고통은 없다. 어디까지나 신공의 효능이다. 그러나 검사를 하면 심각하게 다친 것으로 나온다. 실질적으로 상처는 상처니까.

강산은 한쪽에 앉아 112로 전화를 걸었다.

"쿨럭. 폭행을, 크윽, 당했는데요. 네. 남자 네 명이고 지금 녀석들이 잠깐 나가서, 쿨럭, 신고하는 겁니다. 여기가……."

신음까지 섞은 강산의 연기는 발군이었다.

"지석아. 화장실 좀 가서 강산이 똥통에 빠졌나 좀 봐라."

한참이 지나도 돌아오지 않는 강산을 찾기 위해 신재하는 정지석을 불렀다.

"넵!"

회식한다는 소리에 단단히 힘이 들어간 지석이 출입구로 향했다. 막 출입구 손잡이에 손을 대는데, 밖에서 경찰과 구급대원이 화장실로 우르르 몰려가는 것이 보였다.

"뭐야?"

깜짝 놀란 지석은 문을 열어젖히고 화장실로 향했다.

"이거 놔! 우리가 피해자라고!"

"아니라니까! 우리가 안 때렸다고!"

강산을 노렸던 네 남자는 귀신에 홀린 기분이었다. 사지가 뒤틀리고 내장이 끊어지는 고통 속에서 겨우 정신을 차렸는데, 자신들이 손끝도 건드리지 못했던 알바생이 엉망이 되어 있었다.

처음에는 통쾌하다고 생각했다. 그러나 연이어 들이닥친 경찰로 인해 사태의 심각성을 깨닫게 되었다.

경찰이 오자 강산은 남자들을 가리키며 자신을 폭행했다고 말했다. 모든 것은 적절한 타이밍에 정신을 차리게 만든 강산의 계산된 행동이었다.

잔뜩 지쳤지만 멀쩡하게 서 있는 남자들과 엉망이 되어 쓰러져 있는 알바생. 누가 보아도 남자들이 폭행을 한 현장이었다.

"산아!"

네 명의 남자가 수갑을 차고 끌려간 뒤로 강산이 들것에 실려 나오고 있었다. 그것을 본 지석이 기겁을 하며 다가갔으나 구급대원들은 빠르게 구급차로 향할 뿐이었다.

"누구시죠?"

경찰 하나가 지석에게 다가왔다.

"같이 일하는 사람입니다."

"나성 지구대의 박규석 경장입니다. 폭행 신고를 받고 왔습니다. 괜찮으시면 동행해 주시겠습니까?"

"아, 네. 잠시만요. 사장님께 말씀드리고요."

"이왕이면 사장님도 동행해 주셨으면 합니다."

"네. 알겠습니다."

정지석은 걱정이 가득한 얼굴로 신재하에게 달려갔다.

*   *   *

합의금 좀 받아서 살림에 보태려 했을 뿐이다. 나름대로 어디 한 곳 부러트리지도 않았고 잘라내지도 않았다. 이 정도면 참으로 훌륭한 처세였는데, 한 가지 간과한 것이 있었다.

"산아!"

"아이고, 이게 어떻게 된 거야!"

"어떤 자식들이냐."

가족들의 걱정과 분노를 생각지 못했다. 아버지와 어머니가 크게 놀라셨고 형도 눈에 불을 켜며 이를 갈았다.

진짜 다친 것도 아니었다. 마음만 먹으면 언제든지 본래의 상태로 돌아갈 수 있는 상황이었다. 그렇기에 가볍게 생각하고 생활비 좀 받을까 했는데, 가족들에게 말할 수 없는 상황이란 것이 문제였다.

저 아무렇지도 않아요, 라고 말하고 순식간에 상처를 아물게 해서 일어서면 기절초풍할 일이다. 더구나 그렇게 되면 합의도 물 건너간다.

"전 괜찮아요."

진짜 괜찮지만, 가족들 보기엔 걱정할까 봐 말하는 것으로 보였다.

"아들, 지금 이게 괜찮은 거야? 의사가 그러는데 탈골은 습관성이 될 수도 있다더라. 그게 어떻게 괜찮아!"

아무리 강산이라도 뼈에 금이 가게 하거나 부러트리기는 조금 그랬다. 그래서 탈골로 했었는데 오히려 그게 더욱 걱정을 끼친 셈이었다.

"산아, 걱정 마. 선배 중에 검사도 있다. 그 녀석들 제대로 죗값 치르게 해줄게."

형, 나는 좆값보다 합의금을 받고 싶은데.

차마 입 밖으로 뱉지 못할 말을 꿀꺽 삼켰다.

아버지는 입을 꾹 다물고 있었다. 그러나 눈빛은 평소와는 달랐다. 차갑게 빛나는 눈동자가 직장에 전화라도 걸어서 일을 처리할 심산이다. 당연히 그 직장은 국정원이다.

아무래도 글렀다. 가족들의 모습을 보니 합의는 글렀다. 강산이 아무리 돈을 받고 합의하려 해도 결사반대할 분위기다.

그것만은 안 된다.

"있잖아요."

"응? 왜? 어디 아프니?"

어머니가 안절부절 못하며 강산의 몸을 살폈다.

가족들의 이런 모습아 마음을 따뜻하게 하면서도 미안하게 만들었다.

"저, 튼튼해요. 이 정도로는 아무렇지도 않아요. 그러니까 어머니, 아버지."

강산은 머리를 긁적였다.

"적당한 선에서 합의했으면 하는데요."

"합의?"

"네. 전치 8주니까 천만 원 정도에 집단 폭행인 점을 봐서 두당 이천 정도를 합의금으로 요구하면 될 거 같아요."

병실 안에 싸늘한 정적이 흘렀다. 마치 못 들을 것을 들었다는 표정들이었다.

"너무 적은가요?"

경제적 개념을 잡으라고 자취를 시켰더니 이건 그 도가 지나친 것 같다. 개념을 잡는 건 둘째 치고 돈독이 오른 모습으로 보일 지경이다.

"산아. 지금 돈이 문제니? 억만금을 벌면 뭐해! 건강을 해치면 그것만큼 바보 같은 짓이 어디 있어!"

결국 이선화가 화를 냈다. 자신의 아들이 이렇게 어리석은 생각을 할 줄은 꿈에도 짐작하지 못했다.

"너 일부러 이렇게 맞은 거야? 왜 그래? 엄마 죽는 꼴 보고 싶어서 그래? 엄마가 언제 돈 많이 벌라고 하디? 아들 다쳐서 돈 버는 걸 좋아할 엄마로 보여? 너 정말 왜 그래!"

기어이 이선화의 눈에서 눈물이 떨어져 내렸다.

백 번을 잘하다가 한 번을 못하면 그 실망감이 더욱 크다고 한다. 그만큼 아들에 대한 믿음과 신뢰가 컸던 이선화는 이번 일에 대해서 충격이 컸다.

"여보, 진정해."

강창석은 부인의 어깨를 감싸며 토닥였다.

"산아. 엄마한테 사과해라."

강산 또한 당황스럽긴 마찬가지였다. 어머니가 이 정도로 격한 반응을 보일 줄은 몰랐기 때문이다.

다치는 것에 대해서 그다지 큰 거부감이 없었다. 부상은 익숙한 일이었고 팔다리가 잘려나가지 않는 이상 어지간한 상처는 그에게 아무것도 아니었다.

언제나 자신의 위주로 생각해 왔던 강산이다. 가족이 다치거나 죽는 것이 어떤 기분인지 알면서도 반대로 자신이 잘못되면 가족이 어떨지는 생각을 하지 못했다.

딱히 생각이 짧아서라기보다는 확률적으로 자신이 다칠 일은 그리 없기 때문에 생긴 편협한 시각이었다.

"죄송해요. 제 생각이 짧았어요."

고개를 숙이며 사과하는 아들을 보며 이선화는 가슴을 두드렸다.

완벽한 아들이라고 생각했다. 뭐든지 잘했고 사고도 치지 않았는데 요즘에는 부쩍 실망스런 모습을 보이고 있다. 그 또한 부모인 자신의 탓이라 생각하니 속상하면서도 미안한 마음이었다.

"여보, 들었지? 일단 나가자. 현아. 동생 좀 보고 있어라."

강창석은 몸이 아픈 아들 앞에서 이러는 것도 아니라고 생각했다. 그래서 부인을 보듬어 안고 병실을 나섰다. 일단 이선화의 마음을 안정시켜야 했다.

부모님이 나가고 강산은 한숨을 쉬며 눈을 감았다.

잘하고 있다고 생각했다. 부모님이 행복하도록 그 앞에서 되도 않는 애교를 부렸고 자신의 분야에서는 1등도 놓치지 않았다. 10억이란 돈까지 벌어오며 자신의 생각과 행동이 마냥 옳다고 여겨왔는데, 아니었다.

"산아."

"응?"

"다시는 이러지 마."

동생이 어디 가서 맞을 녀석은 아니다. 이성은 그렇게 말했었지만 마음은 동생에 대한 걱정과 때린 녀석들에 대한 분노로 가득 찼었다.

그런데 막상 와서 보니 고의적으로 맞은 것이 분명했다. 거기에 대해서 강현 또한 화가 날 법도 했다. 아무리 그래도 일부러 맞아서 걱정을 끼치다니.

하지만 한편으로는 다행이란 생각도 들었다. 강산은 빚지고 못 사는 성격이었다. 진짜로 얼어맞았다면 육체만이 아니라 마음에도 상처가 심하게 났을 일이었다.

육체의 상처는 치료 받으면 아물지만, 마음의 상처는 쉽게 치료가 안 된다. 누구보다 프라이드가 강한 동생의 경우에는 더욱 그럴 것이었다.

'그래도 그냥 둘 수는 없지.'

어쨌거나 동생을 때린 놈들을 가만 놔두기는 싫었다. 강현은 선배에게 전화를 걸기로 마음먹었다.

다수의 사람이 때렸으니 특수폭행죄다. 합의해도 실형을 면치는 못할 것이다.

"눈 좀 붙여. 아플 때는 잠을 푹 자주는 것도 좋으니까."

강현은 이불을 당겨 잘 덮어주었다.

*　　　*　　　*

"죽여 버리겠어."

운전대를 잡은 이서경의 입에서 섬뜩한 말이 흘러나왔다. 분위기 또한 살벌해서 조수석에 앉은 신하윤마저 등골이 서늘할 지경이었다.

"언니."

"감히 산이를 때려? 걱정 마, 하윤아. 언니가 그 자식들 다시는 빛을 못 보게 할 테니까."

강산이 폭행을 당하고 병원에 입원했다는 소식을 들은 두 사람은 곧바로 병원으로 향하는 길이었다.

신하윤은 처음 소식을 듣고 쓰러졌었다.

하얗게 질린 하윤의 모습은 금방이라도 숨이 넘어갈 듯이 불안했었다. 믿을 수 없는 일이었고 말도 안 되는 소식이었다. 그녀는 한동안 석고상이 되어 있었다.

누가 있어 강산을 폭행으로 입원까지 시켰을까?

격투 종목의 세계 챔피언도 강산을 입원시킬 수는 없다고 생각했었다. 그러다 보니 그의 입원 소식은 그녀의 정신을 무너트릴 지경이었다.

그러다가 정신을 차리고 일어섰을 때에는 전혀 다른 분위기가 되어 있었다.

강산을 때린 녀석들, 가만두지 않겠어.

그녀의 몸속에 담긴 마기가 분노에 동조하여 날뛰기 시작했다. 다른 문제라면 이 정도로 분노하지 않을 일이다. 그러나 강산이 다쳤다는 소식은 그녀의 마음을 완전히 흔들어 놓았다.

눈동자가 붉게 물들고 일반인은 좀처럼 보일 수 없는 짙은 살기가 그녀의 전신에서 흘러나왔다. 심마(心魔)를 불러들여 주화입마에 빠진 모습이었다. 그나마 무공을 익히지 않았기에 심각한 상황에 빠지지는 않았을 뿐이었다.

다행이 그 자리에는 이서경도 있었다. 그녀는 신하윤의 상태를 확인하고 곧바로 손을 썼다. 마기의 일부는 흡수하고 나머지는 억눌러 흩어버렸다.

신하윤이 어느 정도 수준이 되는 고수였다면 할 수 없는 일이었다. 마기만 품고 있는 일반인이었기에 쉽게 처리한 것이었다.

어쨌든, 불은 껐지만 불안했다. 신하윤의 몸에 심어져 있는 마기는 강산의 것이다. 워낙에 강력하기에 이서경이 감당하는 것에도 한계가 있었다.

"호구조사를 해서 사돈에 팔촌까지 괴롭힐 테다. 땅을 치며 후회하게 만들어 줄 거야. 아예 집안 기둥까지 뽑아주겠어. 감히 강산을 때려?"

이서경의 전신에서 무서운 기운이 줄기줄기 뻗어 나왔
다.

따지자면 이서경이 하윤을 대신해 화를 내주고 있는 셈이
었다. 직장상사 욕을 같이 해주며 스트레스를 풀어주는 방식
으로 그녀의 마음을 달래주었다.

그것은 확실히 효과가 있었다.

"언니, 산이 많이 안 다쳤겠죠?"

하윤이 생각하는 방향이 강산을 그렇게 만든 자들에 대한
분노보다 강산에 대한 걱정으로 바뀐 것이었다.

"당연하지! 그리고 걱정 마. 바로 재단 병원으로 옮겨서 최
고의 의사를 붙여줄 테니까."

굳이 그렇게까지 할 필요는 없었다.

강산이 누군가? 그가 맞아서 입원했다고? 말도 안 되는 소
리다. 쇳덩어리 정도는 가볍게 자를 고수들 사이에서도 멀쩡
하게 살아남은 그다. 어지간한 총기도 그를 위협하진 못한다.

'대체 무슨 생각인건지.'

이서경은 상념을 접으며 가속페달을 힘껏 밟았다. 어차피
가보면 알 일이다. 그녀의 차가 우렁찬 엔진음을 내며 도로를
실주했다.

*   *   *

"그러니까, 합의금을 노리셨다?"

병원에 도착한 이서경은 기가 막혔다. 돈 몇 푼을 위해 천하제일의 고수란 인간이 피해자 행세를 했다니. 만약 무림인들이 알았다면 칼을 물고 죽을 정도로 어이없는 일이다.

"돈은 벌 수 있을 때 벌어야지."

담담하게 말하는 강산의 얼굴이 얄미웠다. 워낙 제멋대로인 성격이라 가끔 황당한 일을 벌이긴 해도, 이런 일을 만들 줄은 몰랐다.

얼마나 어처구니가 없는 일인지. 자신의 차를 끌고 뒤따라온 한지겸이 얼굴을 가리며 큭큭거렸다.

"아고 배야. 야, 산아."

그거 사기다?

지겸의 눈이 그리 말하고 있었다. 그는 재밌어 죽겠다는 표정이었다.

이서경이 눈을 쌜쭉하게 뜨며 물었다.

"너 혹시 부모님께도 합의금 받자고 한 건 아니지?"

그녀의 질문에 강산이 고개를 돌렸다. 그렇지 않아도 그것 때문에 어머니가 눈물까지 보이셨다.

'죄송하네.'

지금까지 부모님께 잘하려고 했던 노력이 이번 일로 크게 엇나갔다. 그 때문에 강산의 마음도 좋지는 않았다.

그 모습을 본 이서경이 한숨을 푹 내쉬었다. 회귀 전과는 다르게 사회에 빠르게 적응했다고 생각했었는데, 이걸 과연 적응이라고 해야 할지 모르겠어서다.

"푼돈 벌자고 사람들을 걱정시키다니. 하윤이도 얼마나 걱정했는지 알아?"

몇천만 원이야 재벌가인 이서경의 입장에서 푼돈일지 몰라도, 강산 같은 평범한 중산층에게는 큰돈이었다.

"몇천이 푼돈이냐."

강산은 궁시렁거리면서 슬쩍 곁눈질로 하윤을 보았다. 영 표정이 좋지 않았다.

하긴, 자신의 일이라면 만사 제쳐 두고 나설 하윤이다. 서경이나 지겸이처럼 자신의 능력을 제대로 알지 못하는 그녀가 얼마나 걱정했을까.

어차피 무공을 이용해 만든 상처였다. 의사와 간호사 앞에서나 아픈 척 엄살떨지, 여기서는 굳이 그럴 필요를 느끼지 못했다.

"하윤아. 나 정말 괜찮아."

강산이 석고붕대를 감은 팔을 휘두르자 하윤이 깜짝 놀라 팔을 붙잡았다.

"뭐하는 거야!"

아무리 일부러 맞았어도 다친 곳이었다. 성격이 남다른 하윤이라 해도 보통 사람이었다. 강산의 행동에 놀랄 수밖에 없었다.

"아냐. 진짜 괜찮다니까."

"알았어. 알았으니까 가만히 좀 있어. 그러다 잘못되면 어쩌려고 그래?"

"그래. 환자면 환자답게 굴어."

이서경까지 환자임을 강조하며 핀잔을 주자, 강산은 슬그머니 팔을 내려놓는 수밖에 없었다.

"그나저나 이렇게 되면 다시 집으로 들어가야겠네. 어머님은 아무 말씀 없으셔?"

"그렇긴 한데, 이왕 나온 거 끝은 봐야지."

이서경의 말대로 강산의 부모님은 퇴원하고 집으로 돌아오라고 하셨다. 하지만 칼을 뽑았으면 무라도 썰어야 한다. 이미 시작한 자취 생활의 마무리는 확실하게 해야 했다.

"너 일하는 곳이 호프집이라며?"

"응."

"그러지 말고 차라리 내가 회사에 자리 하나 만들어 줄까?"

"회사에?"

"화이트 프로모션. 스포츠 프로모션 회사 중에 최고로 꼽히니까 학과장님께 말씀드리고 양해를 구하면 될 거야. 대학생 인턴으로 일하면 어때?"

구미가 당기긴 했다.

"급여는?"

"최저시급."

"패스."

강산의 주저 없는 대답에 다들 웃고 말았다.

"월 120에 성과급 따로. 너라면 알바보다는 많이 벌어갈 수 있을 텐데."

어차피 일을 하는 것은 사회 경험을 쌓기 위함도 있었다. 그러니 이서경의 제안도 나쁘지 않은 일이었다.

하지만 그럴 수는 없었다.

"안 돼. 평범한 알바로만 살라고 하셨어. 부모님과의 약속은 지켜야지."

"그럼 인턴 대신 알바는 어때?"

강산은 고개를 저었다.

이서경의 회사에서 일하면 이미 평범한 아르바이트는 아니게 된다.

그때, 노크 소리가 들려왔다.

"들어오세요."

"실례하겠습니다."

문이 열리며 병실에 들어선 것은 하우스펍의 신재하 사장과 정지석이었다.

두 사람은 강산의 소개로 인사를 나누며 놀라는 눈치였다. 끼리끼리 논다던가? 어째 강산의 친구들은 하나같이 선남선

녀라 불릴 법한 외모들이었다.

"몸은 좀 괜찮냐?"

"네. 괜찮습니다."

"에휴, 뭐 그딴 자식들이 다 있어. 너무 걱정하지 말고 몸
조리나 잘해. 가게 식구들이 모두 진술서 써서 내기로 했으니
까."

"감사합니다."

"감사는 무슨. 당연히 할 일을 했을 뿐인데."

강산이 만들어낸 폭행 정황에 사람들의 진술서까지 들어
갔으니 네 명의 남자는 빼도 박도 못하게 된 셈이었다. 이래
저래 조금은 불쌍해지는 녀석들이었다.

"그리고 몸 다 나으면 다시 가게에서 일을 했으면 하는데.
물론 이런 일을 겪어서 싫다고 하면 어쩔 수 없겠지만서
도······."

안 좋은 일을 당하고도 일을 계속할 사람은 드문 편이었다.
특히 요즘 젊은 친구들은 조금만 마음에 안 들고 힘들어도 그
만두는 사람이 많았다.

그러나 신재하의 입장에서 강산은 놓치기 싫은 인재였
다. 몇 사람의 몫을 해내는데다가 매출까지 올려주는 복덩
이다.

"으음."

예전 같으면 그러마, 하고 쉽게 대답했을 지도 모른다. 일

이 어려운 것도 아니고 어차피 1년간은 일을 해야 했기 때문이다.

하지만 강산은 그러지 않았다.

합의금까지 받아내려 그가 자존심을 접고 쇼까지 했다. 그게 다 무엇 때문인가? 바로 생활비, 돈 때문이다.

"사장님."

"그래."

강산은 돌려 말하는 성격이 아니었다. 그래서 과감하게 말했다.

"급여 인상을 요구합니다."

"응? 급여?"

신재하는 당혹스런 표정을 지었다.

사장의 입장에서 직원의 임금인상 요구는 가장 달갑지 않은 일이기도 했다. 특히 먹는장사는 인건비를 줄이는 것이 관건이다. 괜히 직원이 아닌 아르바이트생을 쓰는 게 아니다. .

그렇다고 강산의 요구가 싫으냐하면 그렇지는 않았다. 일도 잘하고 매출도 올려주는 친구다. 어느 정도는 올려줘도 크게 상관은 없었다.

다만, 이런 상황에서 돈을 더 달라는 이야기를 들을 줄은 몰랐을 뿐이었다.

"크흠, 그 정도야. 하긴, 네가 일을 좀 잘하긴 하지."

너만 한 녀석은 없다, 라는 뉘앙스를 풍기지는 않았다. 신재하는 그저 좀 하니까 들어줄게, 라는 정도의 느낌만 주려 했다. 어쨌거나 급여 인상은 손해다. 조금이라도 줄여야 했기에 강산이 스스로를 대단하게 생각하게 만들면 안 되었다.

"얼마면 되겠니? 한 십만 원 올려줄까?"

한 200만 원 정도는 맞춰줄 의향도 있었다. 그러나 최소한으로 줄여야 하는 것이 오너의 입장이었다.

강산은 바로 답하지 않고 정지석을 바라보았다. 힐끔힐끔 신하윤과 이서경을 훔쳐보던 그가 강산의 시선에 움찔했다.

"형, 형 급여가 삼백이라고 하셨죠?"

"응? 어, 그랬지."

정지석이 하는 일은 단순 서빙만이 아니었다. 홀과 식자재, 알바생 관리까지 도맡아 하는 사람이었다. 사장이 없을 때에는 그가 사장 대리나 마찬가지였다.

물론 동생인 주방장이 있었다. 그러나 주방장은 요리에 관련된 일에만 신경 쓸 뿐, 다른 건 눈길도 주지 않는 그런 사람이었다.

"그렇다네요."

강산은 얼마라고 말하지는 않았다. 단지 정지석에 빗대어 적당하게 올려 주십사, 하는 거였다.

그게 형평성에 어긋나는 일일 수도 있다. 맡고 있는 일의 양이 달랐기 때문이다. 하지만 매출에 지대한 영향을 끼친 자신의 몸값을 헐값에 매도할 수는 없는 일이다.

'기가 막히네.'

한지겸과 이서경의 눈이 허공에서 부딪혔다. 어째, 보면 볼수록 적응하기 힘든 모습이다. 돈 몇 푼을 위해 협상하는 천하제일 고수라니.

"크흠. 뭐, 좋다. 이백 주지."

쓸데없이 심력을 낭비할 필요는 없었다. 신재하는 아예 생각해두었던 상한선을 불렀다.

"대신, 지석이한테 다른 일도 배워. 솔직히 서빙만 하는 알바생한테 이렇게 줄 수는 없잖냐. 지석이는 정식 직원이기도 하고. 안 그래?"

서빙만 해도 강산 같은 녀석이라면 줄 수 있다. 그러나 신재하는 직원의 능력을 최대한 짜내야 하는 오너다. 악덕 업주는 아니지만 이대로 급여만 높여주기에는 아쉬웠다.

그쯤은 상관없었다. 어차피 여러 일을 해보는 것도 나쁘지 않았다.

"알겠습니다. 최대한 빨리 나아서 일할게요."

신재하는 속으로 혀를 내둘렀다. 사람이 폭행을 당하면 심리적으로도 타격을 입기 마련이다. 그런데 이 녀석은 아무렇지도 않아 보였고 이익까지 챙길 정도로 멀쩡했다.

"몸조리 잘해라. 종종 들릴 테니까."

"네, 사장님. 다음에 뵐게요."

강산은 기분이 좋았다. 합의금도 받고 월급도 올랐다. 이 정도면 정말 훌륭하게 생활하는 거 아닐까?

"어디보자."

갑자기 한지겸이 강산의 얼굴을 유심히 들여다보더니 한마디 했다.

"관상에 돈독이 올랐구나."

뭐, 어떤가. 어차피 벌어야 하는 돈이다. 주어진 상황에서 최대한의 실리를 취할 수 있으면 취해야 하는 법이다.

"산아."

"응?"

"요즘은 알바생도 퇴직금이 있다더라. 1년 꽉 채워."

이제는 완전히 안정을 되찾은 신하윤이 한마디 보탰다.

*　　　*　　　*

집단 폭행에 전치 8주다. 그중에 폭력 전과를 가진 사람도 있어 합의금의 액수는 컸다.

하지만 강산의 부모님은 그들의 사정을 어느 정도 봐주었다. 합의를 해도 죄질이 나쁘기 때문에 처벌을 면할 수는 없는 상황이었다. 그래서 형편이 어려운 사람한테는 적당한 선에서 합의해 주었다.

그 돈은 고스란히 강산의 통장에 들어갔다. 부모님은 자식 판 돈에 손을 댈 수는 없다며, 앞으로 다시는 이런 일이 없어야 한다고 못을 박으셨다.

부모님의 말씀이 아니더라도 강산은 합의금을 받을 일은 만들지 않기로 했다. 병원에 있는 동안 남자들의 부모가 찾아와 사정사정하는 통에 질려 버린 것이다.

그렇게 해서 받은 합의금이 5천만 원 정도다. 한결 여유가 생긴 강산은 그 이후로 빠르게 몸을 회복시켰다. 만환변체신공의 위력을 조절해 병원에 입원하고 보름 만에 퇴원했다.

퇴원하고 이튿날부터 다시 하우스펍에 나가기 시작했다. 아무것도 모르는 신재하가 더 쉬라고 극구 말려도 강산은 듣지 않았다.

오히려 바로 5층 컵탑을 쌓아 건재함을 과시하기까지 했다. 그것을 본 신재하는 질렸다는 얼굴로 입을 다물었다.

"저기요."

강산이 주문을 받고 돌아서는데 여자 손님이 불렀다.

"뭐 더 필요하신 거라도?"

"나이가 어떻게 되세요?"

최근에는 여성들의 관심이 부쩍 늘었다. 개중에는 눈앞의 여성처럼 과감하게 말을 거는 사람도 있었다.

"주문은 메뉴에 있는 것만 받습니다."

그러다 보니 강산의 대응도 한결 유연해졌다. 립서비스 하나가 매출에 영향을 준다는 말에 나름대로 신경을 쓰다 보니 그렇게 됐다.

강산은 손님들의 웃음을 뒤로하고 카운터로 돌아왔다.

"부럽다, 부러워."

"부러우면 지는 거죠."

"어쭈? 너 완전 능글거린다?"

지석은 날이 갈수록 뻔뻔스럽게 변해가는 강산이 싫지는 않았다. 농담도 늘고 일도 잘한다. 한마디로 말하자면 일할 맛, 가르치는 맛 나는 동료였다.

"참, 있다가 주방 일 좀 도와라."

"주방이요?"

"그래. 오늘 주방 보조가 일이 있어서 일찍 들어간데. 사장님이 월급 주는 만큼 너 팍팍 부려먹으라신다."

"제가 안 보이면 손님들이 아쉬워하겠군요."

"뭐, 임마?"

지석은 멀어지는 강산의 뒤통수에 대고 주먹을 휘둘렀다.

하우스펍의 셰프는 신재하 사장의 동생이다. 하우스펍이 맛집으로 소문난 이유도 모두 셰프의 실력이 뛰어났기 때문이다.

한 가지 특이한 점은 셰프가 한 번도 주방 밖으로 나오지 않는다는 거였다. 누구보다 일찍 출근하고 누구보다 늦게 퇴근하는 셰프를 본 사람은 얼마 되지 않을 정도다.

일이 있어 일찍 들어간다는 주방 보조는 강산에게 주의사항을 말해주었다.

"주방에서는 주문한 음식을 내줄 때 외에는 어지간하면 말하지 마세요. 시키는 거 외에는 하지 마시고요. 조리하는 건거의 셰프께서 하시니 설거지나 잡다한 것만 하시면 되요. 한참 조리하실 때에는 곁에 다가가선 안 되고요. 그리고 가장 중요한 게 있는데……."

"뭐죠?"

"절대 셰프 얼굴을 똑바로 바라보지 마세요. 그거 엄청 싫어하시거든요."

"얼굴을요?"

"네. 암튼 정말 죄송해요. 갑자기 집안일이 생겨서 대타를 못 구해서요. 제가 말씀드린 것만 잘 지켜주시면 별일 없을 거예요. 이리로."

그리 말한 주방 보조는 강산을 이끌고 주방으로 들어갔다.

주방을 처음 본 강산은 조금 놀랐다. 이런저런 음식재료나 조리기구들로 어지러울 거라 생각했는데 주방은 깔끔 그 자체였다.

하루에 수백, 수천 개의 요리가 만들어진다. 점심부터 새벽까지 전쟁터를 방불케 하는 하우스펍의 주방이 이렇게 깨끗할 줄은 몰랐다. 심지어 바닥에도 물기가 거의 없었다.

구청에서 위생 점검을 나와도 흠 하나 잡지 못할 거라고 장담할 수 있는 광경이었다.

"이거부터 끼세요."

주방 보조가 강산에게 투명한 입가리개를 주었다. 침이 음식물에 튀지 않도록 방지해 주는 거였다.

"셰프. 홀의 강산 씨에요. 저 대신 도와드릴 거예요."

한참 요리 중인 셰프가 보였다.

'여자?'

의외였다. 엄청난 실력의 요리사인데다 사장의 동생이라기에 남자인 줄만 알았었다. 그런데 뒷모습을 보니 여자가 분명해 보였다.

화르륵

중식 대형 프라이팬에서 불길이 치솟았다. 그것을 앞뒤로 빠르게 흔들던 셰프가 한순간에 뒤집어 요리를 접시에 담는다.

"다녀와."

"네. 그럼 내일 뵙겠습니다."

보조가 돌아보지도 않는 셰프를 향해 고개를 꾸벅 숙였다.

그러고는 강산을 돌아보았다.

"남은 시간 잘 부탁드려요, 강산씨."

"걱정 마세요."

"참, 그리고 꼭 셰프라고 부르셔야 해요. 주방장이라고 하면 안 돼요. 아시겠죠?"

"알겠습니다."

그제야 보조는 꾸벅 고개를 숙여보이고는 밖으로 나갔다.

셰프는 별다른 말도 없이 요리에 열중하고 있었다. 도마 위의 식재료를 순식간에 다듬고 잘라낸다. 칼을 다루는 솜씨가 예사롭지 않았다.

각종 조리도구가 그녀의 동선 안에 들어가 있었다. 거의 움직이지 않고 손만 뻗어 요리를 해내는 솜씨가 일품이었다.

한동안 그것을 지켜보던 강산은 주방을 둘러보았다.

그나저나 뭘하지?

셰프는 자신을 신경도 쓰지 않았다. 그렇다고 일을 하러 와서 마냥 손 놓고 있을 수는 없었다.

"15번."

셰프의 목소리에 시선을 옮기니 소형 컨베이어 벨트 위에 요리를 올리는 모습이 보였다. 강산은 곧장 그쪽으로 향해 음식을 밖으로 내놓으며 외쳤다.

"15번!"

항상 밖에서 보아왔던 일이다. 그래서 별다른 설명이 없어도 바로 움직일 수 있었다.

띠디딕.

주방에 설치된 주문서 프린터기가 종이를 뽑아냈다. 그걸 본 셰프가 이번에도 돌아보지 않고 말했다.

"감자 세 알만 깎아."

감자라, 어디 있지?

주방을 한차례 훑은 강산은 곧바로 냉장고로 향했다. 그의 시선에 밖으로 나와 있는 식자재가 보이지 않았기 때문이다. 아니나 다를까? 대형 냉장고 한쪽에 각종 야채가 보기 좋게 정리되어 있었다.

강산은 감자 세 알을 꺼내 보조 조리대로 향했다. 그의 손은 거침없이 칼을 집어 감자 껍질을 깔끔하게 벗겨냈다.

두 번째로 주방을 살펴볼 때, 주방 내부의 조리기구 배치 등을 암기해 버렸다. 그리고 습관처럼 최적의 동선을 짠 강산의 움직임은 마치 오래된 주방 보조처럼 거침이 없었다.

한동안 요리에 열중하던 신재숙은 기이한 느낌이 들었다.

분명 원래 보조가 일찍 간 거로 아는데?

마치 그 보조가 있는 것처럼 평소대로 돌아가는 주방이었다. 어떻게 보면 더 편한 느낌이었다. 더구나 일을 돕는

다고 들어온 사람은 어찌 된 것인지 뭐 하나 물어보질 않는
다.

"송이버섯."

호기심이 생긴 신재숙은 말을 하며 슬쩍 곁눈질을 했다.

그녀의 눈에 능숙하게 일을 하고 있는 강산이 보였다. 설거
지하던 손을 씻고 냉장고로 가더니 망설임 없이 버섯을 꺼내
온다.

버섯을 물에 씻고 그녀의 조리대 위에 놓더니 다시 다른 일
을 하러 움직인다.

'괜찮은데?'

자신의 움직임에 방해되지 않도록 신속하고 정확한 움직
임을 보이고 있었다. 신기할 정도로 군더더기 없는 모습이었
다.

몇 차례 더 일을 시키며 관찰했다. 간단하게 야채를 다듬으
라고 했더니 순식간에 척척이다. 칼을 쓰는 모습이 평생을 주
방에서 일한 사람 같았다.

조금 난이도를 높여보고 싶어진 그녀가 이번에는 다른 주
문을 했다.

"감자 1미리로 잘라와."

해도 그만, 못해도 그만이었다. 칼을 잘 쓰기에 호기심에
시켜봤을 뿐이었다.

그녀의 고개가 휙 돌아갔다.

한 치의 오차도 없이 일정한 두께로 썰리는 감자, 그것도 눈 깜짝할 사이였다. 더욱 놀라운 것은 도마를 두드리는 소리가 거의 들리지 않는다는 거다.

보통 도마 위에서 칼질을 하면 요란한 소리가 나기 마련이다. 아무리 살살 썰어도 힘을 이기지 못하고 칼이 도마에 부딪히기 때문이다.

그런데 임시 보조로 온 녀석은 도마 소리가 매우 미약하게 날 뿐이다.

강산에게 이 정도는 아무것도 아니었다. 이미 신체 움직임을 의지대로 제어할 수 있는 고수가 그였다. 칼질 정도는 눈 감고도 할 정도였다.

빠르다. 그리고 정확하다.

신재숙은 자신의 앞에 놓인 감자를 보며 웃음이 나왔다. 두께가 기계로 자른 것처럼 반듯하고 잘린 단면 또한 매끈했다.

설거지도 빨랐다. 게다가 기름기 하나 없이 깨끗하다. 누가 보면 설거지만 3년 정도 했던 사람으로 오해할 모습이다.

'재밌는 녀석이네.'

정체가 뭔지는 모르겠지만, 어쨌거나 일을 하는데 있어서는 편했다.

대부분의 요리가 나가고 한가해졌다. 신재숙은 그제야 강산을 불렀다.

"애."

강산은 설거지를 마치고 고개를 돌렸다. 말없이 신재숙을 바라보는 그의 시선은 목덜미로 향하고 있었다.

"참나. 너 말 못해?"

말을 못하는 게 아니다. 말하는 걸 싫어한다기에 그럴 뿐. 시선 또한 얼굴을 보지 말라기에 약간 내린 상태였다.

"아니요."

"그런데 왜 대꾸가 없어?"

"말 하는 거 싫어하신다면서요."

뭐, 그렇긴 하다. 요리할 때 누가 말을 걸어 집중이 깨지는 것을 싫어하니까. 그녀의 입가에 쓴웃음이 매달렸다.

"강산이지? 요즘 오빠가 네 덕에 장사 잘된다고 좋아하더라."

"네."

"오늘 보니까 여기 일에도 소질이 있고. 어디서 요리 배운 적 있어?"

"아니요."

"전혀?"

"네."

거짓말하는 것 같지는 않았다. 그렇다면 다른 부류라는 소리인데.

"그럼 혼자 사니?"

"네."

신재숙이 그제야 고개를 끄덕였다. 오랫동안 자취한 남자 중에 음식을 요리사 뺨치게 잘하는 이들이 있다. 이 녀석도 그런 부류인가보다 했다.

하지만 실상은 좀 달랐다. 자취를 해도 집에서 밥을 해주는 사람은 따로 있었다.

신하윤과 이서경.

두 사람은 틈만 나면 자취방에 와서 밥을 해주곤 했었다. 만약 신재숙이 강산더러 요리를 하라고 하면 칼질 외에는 먹기 힘든 요리가 나올 일이었다.

'잘생기긴 했네.'

기계처럼 주방에서 일만 하는 그녀였다. 알바생이 누가 있는지, 일은 잘하는지 못하는지 관심도 없었다. 그러나 강산은 워낙 명물이 되었기에 이름 정도는 알고 있었다.

하지만 세상 남자들은 다 똑같다. 자신의 얼굴을 보면 동정심이나 호기심, 혐오감이 대부분이다.

그래서 누가 자신의 얼굴을 보는 것이 싫었다. 침이 튀는 것을 방치하는 투명한 입가리개 대신 얼굴의 반을 가리는 마스크를 쓰고 있는 것도 그런 이유였다.

"혹시 내 얼굴 보지 말라는 이야기도 들었니?"

"네."

그 말을 듣자 호기심이 생겼다. 지금까지 이런저런 남자들을 보아왔지만 강산은 그들과는 느낌이 달랐다. 단순히 어른스럽다, 남자답다는 느낌이라기보다는 초면인데도 든든하고 믿음직스러운 느낌?

과연 그런 강산이 자신의 얼굴을 보면 어떤 반응을 할까?

신재숙의 손이 천천히 자신의 마스크로 향했다.

"왜 그러는지 궁금하지 않아?"

그녀가 마스크를 끌렀다.

"괜찮으니까 봐봐."

강산의 시선이 천천히 그녀의 얼굴로 향했다.

살짝 드러난 치아, 녹아내린 듯이 흘러내린 피부. 신재숙의 얼굴을 끔찍한 화상이 뒤덮고 있었다.

수차례의 수술 덕분에 많이 나아져서 이 정도였다. 본래의 모습은 더욱 심각했었다. 더 이상의 수술은 불가능하다는 이야기에 외모에 대해서는 자포자기했던 신재숙의 얼굴이 주방의 조명 아래 드러났다.

"어때?"

그녀의 눈이 차갑게 가라앉았다.

*　　　*　　　*

뉴욕.

사람들은 뉴욕을 동경한다. 이곳에 사는 사람들을 뉴요커라 부르며 선망의 시선으로 바라본다.

하지만 현실은 다르다. TV나 영화, 광고에서 보여주는 뉴요커의 삶은 중상류층이나 해당할 뿐이다.

뉴요커라 불리는 화이트칼라의 직장인들은 바쁜 걸음으로 거리를 걸으며 도넛으로 한 끼를 때운다. 카페인에 찌들어 지친 얼굴로 신문을 읽고 꽉 막힌 도로 위에서 짜증으로 하루를 시작한다.

한국의 직장인과 별다를 바 없는 풍경이다. 이들의 삶은 고단하고 힘겨워 여유와 친절과는 거리가 멀어 보인다.

특히나 월스트리트가 있는 맨해튼은 화려한 야경으로 관광객들의 시선을 끌어 모은다. 하지만 그 야경이 야근을 하는 뉴요커들 때문이란 것을 안다면 마냥 좋을 수 없는 일이다.

그런 뉴욕 맨해튼에 위치한 할렘.

빛이 있으면 어둠이 있듯이, 뉴욕의 가식적인 화려함 안에 웅크리고 있는 진실한 어둠이 바로 할렘가였다.

특히, 흑인 문화를 대표하는 지역으로 많은 개발이 이루어지고 있는 웨스트할렘과는 달리 이스트 할렘은 아직도 위험한 지역이었다.

이스트할렘의 밤거리에 한 사람이 나타났다. 후드를 깊이

눌러쓴 남자는 가벼운 걸음으로 거리를 거닐었다.

"헤이!"

그를 발견한 남자들이 다가왔다. 하나같이 온몸을 도화지 삼아 그림을 그려놓은 험악한 자들이다. 바로 이스트할렘에서도 악질이라 불리는 로페즈 패거리였다.

"여기 지나가려면 통행세를 내야 하는데."

남자 하나가 큼직한 45구경 리볼버를 꺼내들며 말했다.

착각일까? 후드 속에 감춰진 남자의 입매가 웃는 듯이 보였다.

"미친 놈. 지금 웃은 거야? 넌 내가 우습게 보여?"

총구가 후드를 툭툭 밀었다. 툭, 툭, 그리고 세 번째 소리는 없었다. 총구가 허공을 찌를 뿐이었다.

"뭐⋯⋯."

뻐억!

총을 든 남자의 몸이 허공에 세 바퀴를 돌며 널브러졌다. 후드 입은 남자의 라이트훅이 얼굴에 꽂히며 만들어낸 참사였다.

"쉿!"

다른 녀석들이 일제히 총을 꺼내는 사이, 후드는 세 번째 녀석의 턱을 날려 버리고 있었다.

"쏴!"

하지만 총성은 들리지 않았다. 대신 남자들의 비명과 멀리 날아가 떨어지는 총기의 마찰음만 할렘의 거리를 시끄럽게 했다.

후드가 로페즈 패거리의 총을 모조리 쳐서 떨어트린 것이었다.

"컴온."

후드가 손가락을 까닥였다.

*　　*　　*

할렘과 어울리지 않는 고급 리무진이 거리로 들어섰다. 차는 조용히 움직여 후드를 쓴 남자의 앞에 섰다. 그의 주변에는 피투성이가 되어 정신을 잃은 로페즈 패거리가 여기저기 쓰러져 있었다.

리무진에서 탄탄한 체구의 남자가 내리더니 뒷문을 열었다. 후드는 당연하다는 듯이 차에 탔다.

"여기."

금발을 뒤로 묶은 이지적인 미녀가 그에게 물 잔을 내밀었다. 남자는 자연스럽게 후드를 젖히면서 잔을 받았다.

후드 속의 남자는 백인이었다. 전체적으로 서글서글하고 부드러운 인상의 남자는 잔을 비우고 다시 내밀었다. 금발의 미녀, 샤를은 빈 잔을 받았다.

"즐거우셨습니까?"

남자는 말없이 미소를 지었다. 같은 남자가 보더라도 가슴이 떨릴 만큼 매력적인 미소였다.

하지만 샤를은 알고 있었다. 그가 모시고 있는 이 남자는 한 번도 진심으로 웃은 적이 없었다.

그걸 구분하는 방법은 간단했다.

눈.

남자의 눈은 웃음을 잃어버렸다. 그의 눈동자가 담고 있는 것은 무료함과 나른함 그뿐이었다.

WBA, WBC, IBF, WBO라는 세계 4대 프로복싱 국제기구 통합챔피언이 되었을 당시만 해도 이렇지는 않았다. 그의 눈빛이 변한 것은 세계 각지에서 열리는 무술 대회를 다녀오고부터였다.

그리고 모든 무술 대회에서 그는 우승했고, 그때부터 그의 눈에는 생기가 사라졌다.

복싱 하나로 세계를 제패한 천재복서 리안 카터. 그게 샤를의 마스터인 남자의 이름이었다.

"마스터."

사라진 빛을 되찾는 방법을 그녀는 잘 알고 있었다. 뛰어난 격투가의 존재, 그것만이 리안의 눈에 빛을 되찾아줄 수 있었다.

"괜찮은 상대를 찾은 것 같습니다."

물론 그 빛은 아주 잠깐 머물 것이었다. 상대가 누구든지

간에 그녀의 마스터를 이길 수는 없을 테니까.

샤를은 자신이 찾은 영상 자료를 리안에게 보여주었다.

"흐음."

리안의 눈에 빛이 어리기 시작했다.

『완벽한 인생』 3권에 계속…

현대백수 장편 소설

FUSION FANTASTIC STORY

간웅

뇌성벽력이 치는 어느 날!
고려 황제의 강인번을 들고 있던
어린 병사가 낙뢰를 맞고 쓰러졌다.

하지만… 다시 눈을 뜬 이는
현대 대한민국에서 쓸쓸히 죽은
드라마 작가 지망생.

**고려 무신 시대의 격변기 속에서 눈을 뜬 회생[回生].
살아남기 위해! 죽지 않기 위해!
그의 행보로 인해 고려는 서서히
변하기 시작하는데…….**

치세능신 난세간웅(治世能臣 亂世奸雄)!

격동의 무신 시대!
회생, 간웅의 길을 걷다!

Book Publishing CHUNGEORAM

유행이 아닌 자유추구 -
WWW.chungeoram.com

절정고수들이 하늘 높은 줄 모르고 질주하는 현 세상.
서른여덟 개의 세력이 서로를 견제하는 혼돈의 시대.

그 일촉즉발의 무림 속에
첫 발을 디딘 어린 소년,

"나는 네가 점창의 별이 되기를 원한다."

사부와의 약속을 지키고
난세로 빠져드는 천하를 구하기 위해
작은 손이 검을 들었다!

박선우 新무협 판타지 소설 FANTASTIC ORIENTAL HE

풍운사일